KB078472

초인의 게임 5

니콜로 장편소설

초판 1쇄 찍은 날 § 2019년 5월 21일
초판 1쇄 펴낸 날 § 2019년 5월 28일

지은이 § 니콜로
펴낸이 § 서경석

총괄팀장 § 노종아
편집책임 § 김경민

펴낸곳 § 도서출판 청어람
등록번호 § 제387-1999-000006호
등록일자 § 1999. 5. 31
어람번호 § 제1-3024호

주소 § 경기도 부천시 부일로 483번길 40 서경B/D 3F (우) 14640
전화 § 032-656-4452 팩스 § 032-656-4453
http://www.chungeoram.com
E-mail § chungeorambook@daum.net

ISBN 979-11-04-92003-5 04810
ISBN 979-11-04-91846-9 (세트)

니콜로 장편소설

9

초인의 게임

FUSION FANTASTIC STORY

초안의 게임

◈ Contents ◈

제1장

대적 불가

엠레 카사 감독은 당연히 한국 대 이탈리아의 경기를 보고 있었다.

이탈리아 대표 팀은 파리 뤼미에르 BC와 비슷한 전술을 구사했고, 한국 대표 팀은 YSM이나 다름없었으니까.

월드 챔피언스 리그에서 만날 선수들이 많이 나오니 안 볼 수가 없었다.

한국이, 정확히는 서문엽이 이탈리아 선수들이 구사하는 까다로운 압박을 분쇄하는 과정은 엠레 카사 감독에게 퍽 흥미로웠다.

'적이 후퇴하는 경로를 노려서 한 명씩 잘라낸다고?'

퍽 흥미롭다.

물론 시도가 없었던 대응책은 아니다.

이탈리아 대표 팀이 습격 후에 뿔뿔이 흩어져서 '정찰 겸 후퇴'를 행하는 이유는 주변을 살펴서 적의 움직임을 꼼꼼히 살피기 위함이었다.

적이 나타나면 재빨리 달아나 아군과 합류하여 반격하는 과정이 따른다.

또한 같은 전술을 구사하는 파리 뤼미에르 BC는 다들 이동속도가 빠르기 때문에 도망치는 걸 잡기 어려웠다.

서문엽은 오늘 경기에서 두 가지를 첨가했다.

감시자.

그리고 적보다 더 빠른 이동속도를 가진 킬러.

바로 조승호와 서문엽 본인이다.

'정찰을 강화해서 적의 후퇴 경로를 파악하는 게 핵심이군.'

조승호는 투명화와 시야 전달 등 감시자로서 특화된 서포터였다. 정찰에 특화된 선수로 정보전에서 상대를 능가하니, 저렇게 반격에 성공할 수 있는 것이었다.

'정찰에 특화된 선수. 그리고 적보다 더 빠른 발을 가진 소수의 선수. 이 두 가지만 있으면 파리 뤼미에르 BC를 이기는 데 도움이 되겠어.'

베를린 블리츠 BC도 발 빠른 선수가 많이 있었다.

다니엘 만츠나 새로 영입한 중국 선수 첸진, 저우린 등.

선수 풀이 워낙 넓어 정찰에 특화된 선수도 찾아보면 있을 터였다.

엠레 카사 감독은 그동안 파리 뤼미에르 BC의 끊임없는 습격 로테이션이라는 살인적인 압박 전술에 대하여 정면으로 일일이 받아치는 정공법을 택했는데, 방어하는 입장이 공격하는 입장보다 수동적이라는 약점이 있었다.

오늘 서문엽에게 새로운 힌트를 받은 것 같았다.

'그런데……'

경기는 후반에 접어들었다.

서문엽의 넓은 활동 반경에 따라 점점 축소되는 이탈리아 팀.

사냥에 몰두하여서 사냥 포인트를 엄청나게 쌓은 서문엽은 괴물이 되어 있었다.

소모한 오러까지 조승호에게서 또 충전받고 쌩쌩해졌다.

혼자서 마지막 5단계인 백색 광채에 둘러싸인 서문엽은 깡패처럼 이탈리아 선수들을 찾아다녔다.

던전 적지 한복판에 조승호를 짱박아놓고는, 이탈리아 선수를 발견할 때마다 알리게 한 듯했다. 조승호가 이탈리아 선수를 포착하면 즉시 서문엽이 그곳에 달려왔으니까.

그렇게 서문엽은 3킬까지 거두며 이탈리아를 궁지로 몰아넣었다.

이탈리아는 계속 피해 다니면서 도망자 전법을 구사하고 있었다. 싸움을 피하면서 사냥으로 포인트를 모아 막판까지 기회를 엿본다는 전략이었다. 지고 있는 팀이 마지막에 쓰는 전법이기도 했다.

'저놈은 어떻게 막지?'

엠레 카사 감독은 마음껏 활개 치는 서문엽을 보며 의문을 느꼈다.

최악의 패턴이었다.

조승호의 오러 전달을 받으면서 혼자서 사냥 포인트를 무지막지하게 축적한 서문엽은 누구도 말릴 수 없었다.

이전까지의 서문엽을 막는 방법은 간단했다.

약체인 팀이 발목을 잡고 있는 동안, 포인트를 잘 먹어서 성장한 선수들로 후반에 협공으로 처치한다는 시나리오다.

그동안 서문엽은 포인트를 쌓으며 성장할 여유가 별로 없었다.

약한 팀원들로 인해 생기는 전력 불균형을 메꾸기 위해 서문엽이 활발하게 견제 플레이를 해야 하는 입장이었다.

이는 서문엽이 결국은 빅 리그에 진출하지 않고 한국, 그리고 YSM에 머물렀기 때문에 가능한 일이었다.

그런데 그러한 약점도 피에트로를 시작으로 좋은 선수들이 발굴되면서 어느 정도 채워지고 있었고, 서문엽은 비교적 자유로워졌다.

자유롭게 사냥을 하는 서문엽의 폭발력을 엠레 카사 감독은 처음부터 알고 있었다.

괴물을 사냥하는 데 있어서 서문엽보다 탁월한 선수는 이 세상에 없는 것이다.

'저렇게 잘 크고 나면 막을 방도가 없는데……'

지금 경기 상황이 그랬다.

조승호만 있으면 다른 동료의 도움 없이도 백색 단계까지 일찌감치 찍어버리는 서문엽이 날뛰고 있는 걸 이탈리아 선수들이 어찌 못하고 있지 않은가.

베를린 블리츠 BC라고 해서 같은 상황에 처하지 않는다는 보장은 없었다.

이쪽의 에이스 다니엘 만츠도 서문엽을 부담스러워한다.

서문엽은 다니엘 만츠보다도 빠르고, 밀고 당겨도 균형이 안 무너진다. 한마디로 천적이다.

'현장에서 자유롭게 전술을 멋대로 바꿀 수 있는 게 가장 위협적이다.'

현장 지휘관으로 던전에서 팀을 이끄는 서문엽은 어느 감독이든 적으로 만나길 꺼려할 수밖에 없었다. 감독은 경기 중에 개입할 수 없으니까.

'월드 챔스에서 만나면 큰 적수가 된다. 반드시 해법을 찾아야 해.'

엠레 카사 감독은 YSM에 대한 경계심을 강하게 느꼈다. 이는 비단 베를린 블리츠 BC만 느끼는 게 아닐 터였다.

＊　　　＊　　　＊

─어? 적 발견!

정찰을 나갔던 이나연이 소리쳤다.

"오케이, 어디야?"

─7구역, 숫자는 2명!

"지금 간다. 계속 따라붙으면서 체크해."

서문엽은 재빨리 7구역으로 향했다.

생쥐처럼 도망 다니는 이탈리아 선수들을 잡기 위해 활발하게 다니고 있었다.

'속도가 높아지니까 속이 다 시원하네.'

서문엽은 신세계를 만끽하고 있었다.

최후의 던전에서 막 귀환했을 당시 서문엽의 속도는 불과 76. 클래식 탱커들과 다를 바 없는 수준이었다.

하지만 이제는 무려 98이었다.

날아다니는 기분이었다.

적이 도망쳐도 잘 쫓아가서 잡고, 혼자 고립되어도 쏜살같이 도망칠 수 있다.

하지만 가장 큰 장점은 사냥 속도가 말도 못 하게 빨라졌다는 점이다.

'속도가 중요한 건 알았지만 이렇게까지 차이가 클 줄은 몰랐네.'

경기 내내 선수를 관찰해 보면, 싸우는 시간보다 이동하는 시간이 더 많다.

이동 시간이 단축된다는 것은 남보다 훨씬 효율적으로 시간을 쓸 수 있다는 뜻이었다.

세계적으로 발 빠른 선수들이 강세를 보일 수밖에 없는 흐름이었다.

덕분에 벌써부터 백색 광체에 둘러싸인 서문엽은 빠르게 이나연이 제보한 지역으로 향했다.

현재 8명밖에 없는 이탈리아 선수들은 뿔뿔이 흩어져서 사냥하고 도주하고를 반복하고 있었다.

이럴 때는 한국 팀도 흩어져서 다각도에서 몰이사냥을 해야 하지만, 한국 대표 팀의 어쩔 수 없는 약점 때문에 불가능했다. 개개인의 기량에서 밀리므로 소수끼리 싸우면 무참히 데스당할 위험이 컸다.

그래서 조승호와 이나연이 수색을 하고 적이 발견되면 서문엽이 찾아가 사냥하는 방식을 쓰고 있었다.

"찾았다."

서문엽은 이나연이 제보한 2명을 찾아냈다.

탱커 하나와 원거리 딜러 하나였다.

'음?'

무언가 부자연스러운 낌새가 느껴진다.

저 원거리 딜러는 '원격 조종'이라는 초능력을 가졌는데, 여러 개의 부메랑을 던져서 자유자재로 조종한다.

탱커는 발이 빠르고 방패 컨트롤이 좋아서 치치 루카스의 다운그레이드 버전이라는 별명이 있다.

시간 벌고 도망치기 딱 좋은 조합이다.

"조승호."

—왜요.

조승호가 불퉁하게 대꾸했다. 하도 혼자 처박히는 임무를 많이 시켰더니 점점 태도가 아니꼬워진다.

"적들 보여?"

—위치는 파악되고 있어요.

"거기 치치 루카스 없을 거야. 체크해 봐."

—잠시만요.

'물체 전달'을 응용해 치치 루카스가 그곳에 있는지 확인해 본 조승호가 이내 말했다.

—네, 정말 없네요? 못 봤는데.

"네 시야를 피할 정도로 교묘하게 움직였단 말이지."

서문엽은 순식간에 계산이 됐다.

이탈리아 측은 조승호가 어디에 처박혀서 자신들을 감시하는지도 모른다.

그럼에도 시야에서 벗어났을 정도로 조심스럽게 움직였다.

많은 인원이 움직이면 들키므로, 아마도 치치 루카스를 비롯하여서 2, 3명.

'견적 나왔다.'

서문엽은 거침없이 눈앞에 보이는 2명에게 달려들었다.

"적 출현!"

"서문엽이다!"

탱커와 원거리 딜러가 깜짝 놀라 싸울 태세를 했다.

원거리 딜러가 부메랑 7개를 한꺼번에 던졌다.

컨트롤할 수 있는 부메랑이 최대 7개까지라고 들었는데 처음부터 한계까지 초능력을 발휘한 것이다.

휘리리릭!

서문엽은 날아드는 부메랑들을 보고도 머뭇거리지 않았다.

밤마다 싸우는 망할 거대 뱀에 비하면 저 부메랑은 속도나 위력이나 그저 귀여울 따름이었다.

팟! 파팟!

방패도 쓰지 않았다.

빠른 좌우 왕복으로 피했다.

하나, 둘, 셋…….

4개의 부메랑이 서문엽의 갑옷도 못 스치고 빗나갔다.

저러다가 잔상까지 생기지 않을까 싶을 정도로 번개같이 지그재그로 움직이는 서문엽.

민첩성 107의 위용이었다.

피했던 부메랑들이 돌아와서 계속 공격했지만, 역시나 서문엽을 맞히지 못했다.

피하고 창으로 쳐내기도 하면서 서문엽은 부메랑 7개의 공세에 발이 묶이지 않고 2명에게 접근했다.

그때였다.

"간다!"

"죽여!"

좌우에서 숨어 있던 2명의 또 다른 적이 나타났다.

그중 하나는 치치 루카스였다.

서문엽은 웃었다.

이미 알고 있었다.

이 상황에서 역전할 방법은 자신을 처치하는 것뿐인데, 많은 인원을 동원할 수는 없으니 4명 내지 5명이 한계. 그중 하나는 치치 루카스가 반드시 끼어 있어야 해볼 만할 것이다.

'라고 생각했겠지.'

서문엽도 이것을 기다려 왔다.

본때를 보여줄 참이었다.

'증폭, 기술.'

기술을 무려 117로 증폭시킨 서문엽은 창을 꼬나 쥐고 덤볐다.

치치 루카스가 비호처럼 덤벼든다.

역시나 명성답게 매섭게 창을 찔러온다.

방패를 왼쪽 가슴에 고정한 자세는 자신을 닮았다.

첫 만남 때 사인을 받았을 정도로 서문엽의 팬이었으니 스타일도 영향받았을 수 있다. 소속 팀 구단주조차 극성팬인 문어 형제 아닌가.

카캉!

첫 공방.

서로의 창이 서로의 방패에 막혔다.

'안정감도 있군.'

서문엽은 치치 루카스를 내심 칭찬해 주었다.

반대편에서도 근접 딜러가 사람 키만 한 대검을 휘둘러 온다.

서문엽은 뒷짐 지듯 방패를 뒤로 놓고, 치치 루카스의 창 아래로 파고들었다.

텅!

대검이 방패를 후려쳤다.

충격이 밀려왔지만, 서문엽은 조금도 균형이 흔들리지 않았다.

자신의 창을 타고 들어오는 서문엽을 보며, 치치 루카스는 물러서기보다는 방패로 내려찍을 준비를 했다.

가까이 접근했을 때.

부웅!

치치 루카스가 방패로 힘껏 내려찍는다.

서문엽도 방패를 들어 막았다.

꽈아앙!

두 사람의 충돌에 오러의 충격파가 퍼져 나갔다.

서문엽의 근력 92.

치치 루카스는 90.

그러나 위에서 아래로 내리누르므로 치치 루카스에게 유리한 상황이다.

기세에 밀려 오른쪽 무릎을 꿇고 주저앉은 서문엽.

하지만 그 순간, 서문엽은 왼발로 치치 루카스의 한쪽 다리를 휘감았다.

"엇!"

그 상황에서 갑자기 서브미션 테크닉이 나올 줄은 몰랐던 터라, 치치 루카스는 당황하며 휘청거렸다.

치치 루카스를 기어코 넘어뜨리고, 오른손의 창을 짧게 쥔다.

찔러서 마무리하려는 찰나.

휘리리릭!!

부메랑 7개가 단숨에 날아든다.

치치 루카스가 넘어지는 바람에 시야가 열려서 냉큼 공격을 퍼부은 것이다.

하는 수 없이 자리에서 일어나며 왼쪽의 방패로 막았다.

킬은 포기하고 태세를 정비하나 싶었다.

부메랑을 조종하는 원거리 딜러도, 재빨리 방패를 쥐고 일어서려는 치치 루카스도 그렇게 생각했다.

푹.

—서문엽, 4킬.

물러서는 척하면서 창을 뒤로 찌른 것.

창 뒤편의 이중 날이 방패 아래로 절묘하게 파고들면서 치치 루카스를 허무하게 데스시켰다.

눈으로 보지도 않고 뒤로 찔렀는데도 절묘하게 킬을 내는 서문엽의 솜씨.

남은 3명은 충격을 받았다.

기술이 증폭되어 인간의 한계를 넘어 117에 이르면 이렇게 도 되는 것이었다.

가장 위협적인 적이 사라지니 이제부터는 쇼 타임이었다.

서문엽은 거침없이 킬 파티를 벌였다.

*   *   *

결국 1세트는 서문엽에게 다수가 데스당한 이탈리아 팀이 패배했다.

이탈리아 측의 숫자가 확 줄어들자, 한국이 던전을 전체적 으로 포위하고 좁혀 들어가 강제로 전투를 유도했다.

수적으로도 우위였으나, 한국은 끝까지 방심하지 않고 훈련 받았던 대로 전투를 전개했다.

서문엽이 측면에서 공격.

반대편 측면에서 백하연이 이어서 들어갔고, 최전방에서 최혁이 공격적으로 압박하며 3면에서 이탈리아 팀을 분쇄했다.

한국 대표 팀이 그렇게 준비했던 한 타 싸움이었다.

비록 수적에서부터 질 수가 없는 싸움이었지만, 실전에서 제대로 호흡이 맞았다는 점에서 선수들은 스스로 의미를 가졌다.

이어진 2세트.

이탈리아는 초반부터 공격적으로 나왔다.

타깃은 서문엽.

서문엽이 사냥 포인트를 획득해서 성장하는 것을 최대한 방해할 의도였다.

서문엽이 무난하게 성장하면 답이 안 나온다는 것을 1세트에서 느꼈기 때문이었다.

가까이 접근하여서 위협을 걸어 서문엽이 사냥을 지속하지 못하게 한다거나, 때로는 다른 한국 선수들을 노리기도 했다.

서문엽을 성장을 방해하든, 쉽게 처리할 수 있는 다른 한국 선수들부터 처치해서 수적 우위를 가져오거나 해서, 초반부터 유리한 입장을 차지하려 들었다.

이는 그만큼 이탈리아 대표 팀이 서문엽에게 부담을 느꼈기 때문이었다.

그들의 목적은 서문엽에게도 읽혔다.

"조승호, 너 3구역에 가봐."

홀로 사냥하는 서문엽.

그 옆에서 멀뚱히 서 있던 조승호가 황당해했다.

"거길 저 혼자 어떻게 가요? 거기에 적이 있으면 전 눈에 띄자마자 슥삭이에요."

—전술 88/90

바로 조승호의 전술 능력치다.

조승호도 3구역이 상대측에서 서문엽을 훼방 놓기 위해 오는 주요 루트라는 것을 알고 있었다.

"네 필살기 있잖아."

"저한테 필살기가 있었어요?"

"응, 포복 전진."

조승호의 표정이 일그러졌다.

두 사람의 대화에 다른 한국 선수들이 키득키득 웃었다.

"저 그거 절대 안 해요. 저 요즘 유튜브 스타인 거 아세요?"

"잘됐네."

"제가 포복 전진하면서 던전을 횡단했던 영상이 유튜브에 유행하면서 웃음거리가 되고, 짤방에도 쓰인다고요."

"그 새끼 참 말 많네. 같이 가, 그럼."

결국 서문엽이 3구역으로 조승호를 데려다주기로 했다.

메인 오더에게 항명하는 건 말도 안 되는 일이지만, 사실 지금은 조승호의 말이 옳았다.

위험하니까 데려다 달라는 요구를 궁시렁거리는 말로 대신한 거였다.

이에 서문엽이 농담을 건넨 것은 알겠다는 의미였고.

하도 많이 경기에 같이 출전하다 보니 제대로 된 대화가 아니어도 서로의 생각을 알고 있었다. 조승호의 전술이 높아서 서문엽의 의도를 잘 파악하는 덕이기도 했다.

"그런데 이 새끼 봐라, 네가 언제부터 그렇게 남의 눈을 의식했어? 너 원래 던전의 개그 캐릭터잖아."

"그건 안 유명했을 때고요. 이젠 너무 웃음거리가 돼서 동생이 부끄럽대요."

"택배 기사 하던 놈을 억대 연봉자로 만들어주니까 배은망덕하기는."

"미국 유럽 팀 러브콜 거절하고 재계약해 줬는데 너무 배은망덕하신 거 아닌가요?"

"시끄러. 이제 여기 짱박혀서 투명 놀이나 하고 있어."

"네."

스르륵.

조승호는 즉각 '투명화'를 펼쳤다.

서문엽은 다시 본래 위치로 돌아와 사냥에 전념했다.

그런데 잠시 후, 조승호가 시야 전달을 보내왔다. 투명화를 하는 동안은 움직이거나 말도 해서는 안 되므로 초능력을 써서 알린 것이다.

소리 없이 천천히 다가오는 적 1명이 눈에 띄었다. 부메랑을 쓰는 그 원거리 딜러였다.

서문엽을 상대로 고작 1명.

이는 부메랑으로 위협만 하고 줄행랑을 치겠다는 의도였다.

"오케이, 잡자. 조승호, 시야 전달 계속하고 있어."

서문엽은 조승호가 보내주는 시야를 바탕으로 적의 위치를 가늠했다.

그리고 창을 던졌다.

하나, 둘, 셋, 넷……

계속 창을 꺼내 던졌다.

그리고 8자루를 다 던졌다.

8자루의 창은 속도가 세심하게 조절되었기 때문에 동시에 목표에 도착하도록 되어 있었다. 심지어 그중 3개는 궤도가 휘게 해서 피하기 힘들게 변화를 줬다.

서문엽이 즐겨 사용하는, 못 피하는 초장거리 투창이었다.

조승호가 보내는 시야를 통해 당황하는 적의 모습이 보였다.

피하려고 움직였지만, 피할 곳이 없다는 사실을 한번 당해 보고 나서야 깨닫는 서문엽의 필살기였다.

푹!

"크억!"

결국 오른쪽 다리에 창이 꿰뚫린 원거리 딜러. 그런데 운이 좋았는지 죽지는 않았다.

"어라?"

1킬이라고 확신했던 서문엽은 당혹했다.

그리고……

풋!

"헉!"

─조승호, 1킬.

가만히 투명 모드로 구경하고 있던 조승호가 냉큼 활로 쏴 버렸다. 전투력이 전무할 뿐, 결단은 매우 빠른 조승호였다.

던졌던 창 8자루는 다시 서문엽에게 되돌아왔지만, 킬은 이미 조승호가 챙긴 뒤였다.

─저 A매치 첫 킬 했습니다.

"스틸 축하한다."

*　　　*　　　*

한국 대표 팀 전술 코치 라이너 하임은 허탈감을 느꼈다.

"저 선수는 서문엽 선수의 CCTV 같군요."

조승호를 일컫은 표현이었다.

절묘한 표현이라 백제호가 웃음을 디뜨렸다.

"CCTV 겸 보조 배터리 겸 택배 기사지."

"전투 능력을 가진 선수 하나를 더 투입하는 것보다 서문엽 선수를 보조하는 선수가 더 쓸모 있는 것 같습니다."

다수로 소수의 적을 상대한다.

독일의 배틀필드 전술은 그러한 기본에서 시작된다. 1명의 자원이라도 낭비할 수 없다.

물론 전투 외에도 다른 분야에 두루 활용 가능한 전술적 가치가 서포터에게 있지만, 기본적으로 전투에도 보탬이 되지 않으면 살아남을 수 없다.

그것은 세계 배틀필드계의 트렌드였다.

하지만 현재.

서문엽은 조승호를 CCTV처럼 사용하면서 이탈리아 팀의 전술을 분쇄하고 있었다.

"결국 던전이야."

백제호가 말했다.

"미지의 변수만 없으면 어떤 상황이든 극복 가능하다고 서문엽은 생각하는 거야."

조승호뿐만이 아니었다.

이나연도 거의 사냥은 뒷전이고 정찰만 하고 있었다.

이것도 서문엽이 시키는 일일 터였다.

이나연도 사냥 포인트를 모아서 성장해 봤자 전투에서 딱히 큰 도움이 되는 건 아닌 유형이었다.

끽해야 상대에게 화살을 쏴서 귀찮게 하는 정도인데, 집중력이 고조되는 전투에서 그런 화살에 맞아주는 선수는 없다.

칸 아르얀이 화살에 맹독을 발라준다면 적을 위협할 수 있지만, 그렇지 않다면 그냥 정신만 분산시키는 용도였다.

한 타 싸움에 올인하는 전술 기조를 세웠으면서, 한 타 싸움에 적합하지 않은 선수를 둘이나 내보냈다. 이는 순전히 서문엽의 편의 탓이었다.

'서문엽이 두 사람을 활용해서 정보를 얻고 변수를 차단하고 있다. 그저 자기 플레이에 편하자고 팀에 불합리한 선택을 한 건 아닐 거야.'

서문엽은 아마도 주변 상황을 모두 자기 인지하에 두어야, 최소한 불리한 상황 속에서 싸우지는 않을 수 있다는 생각일 것이다.

그냥 믿고 놔두기에는 팀원들의 실력이 형편없기 때문이다.

'인정할 수밖에 없다. 이 팀은 서문엽을 중심으로 싸워야 성과를 낼 수 있어.'

라이너 하임 코치는 한 명의 천재를 위해 팀의 조직력이 뒷받침해 주는 전술 스타일에 확신을 갖게 되었다.

2세트.

조승호가 1킬을 거둔 상황.

일찌감치 한국에 피해를 입혀 유리한 상황에서 운영을 하고 싶었던 이탈리아는 도리어 피해를 입고는 더 조급해졌다.

"엇? 이탈리아가 또 움직이는데?"

백제호가 놀랐다.

이탈리아 선수들이 대규모로 움직이고 있었다.

이번엔 타깃을 바꿨는지 서문엽이 아니라 다른 한국 선수들을 칠 생각인 듯했다.

"괜찮습니다. 상대가 더 조급해졌을 뿐입니다."

라이너 하임 코치는 평온한 얼굴로 말을 이었다.

"초반에 피해를 입히고 스노우 볼을 굴리는 운영으로 격차를 더 벌려놓겠다는 목적인데, 서문엽 선수를 견제하는 방법이 너무 무모했습니다."

"음, 그건 그렇지. 원거리 딜러 혼자서 엽이를 괴롭히려 했으니까."

"이탈리아가 조급해져 있다는 것을 서문엽 선수도 이를 통해 눈치챘을 겁니다. 피해를 만회하기 위해 더 과감해질 거라는 것도 예상할 겁니다."

서문엽을 신뢰하게 된 후부터, 라이너 하임 코치도 서문엽의 의중을 들여다볼 수 있게 되었다.

아나나 다를까.

서문엽도 움직이기 시작했다.

이나연과 조승호를 이끌고 적의 배후로 우회.

나머지 팀원 8인은 4—4로 나뉘어 있었는데, 금방 합류할 수 있는 위치로 이동시켰다.

4—4—3 세 무리가 삼면에서 덮쳐 전투를 열겠다는 의도였다.

이탈리아의 조급한 습격을 아주 세게 받아쳐서 승부를 보겠다는 뜻.

한국 대표 팀이 준비한 한 타 싸움 전술이 이제야 제대로 시험대에 올랐다.

조승호를 제외하고 10 대 10.

1세트 때와 달리 서로 동등한 숫자로 붙는 것이다.

이윽고 전투가 펼쳐졌다.

갑작스러운 3방향 역습에 이탈리아 선수들이 당황했다.

하지만 역시나 일류 선수들답게 즉시 3탱커가 3방향에 위치하며 포메이션을 정비했다.

하지만 급한 와중이라 치치 루카스가 서문엽이 달려오는 후방을 담당하지 못했다.

이탈리아의 보조 탱커는 서문엽의 상대가 되지 못했다.

파팟!

빠른 좌우 왕복 스텝으로 보조 탱커의 창을 피하며 접근.

연이어 페이크가 연속으로 섞인 콤보가 펼쳐졌다.

창으로 찌르기.

방패로 후려치기.

반 바퀴 돌면서 등 뒤로 창 찌르기.

마지막으로 창만 던져놓고 몸만 물러서기.

서문엽이 물러서는 줄 알고 안심했다가 시야의 사각에서 날아오는 창을 보지 못한 보조 탱커는 다리에 맞아버렸다.

콰직!

"크윽!"

주저앉은 보조 탱커는 서문엽의 먹잇감이었다.

보조 탱커가 사력을 다해 도끼를 휘둘렀지만, 서문엽은 맞대응하지 않고 그냥 점프로 훌쩍 건너뛰어 버렸다.

뻑!

―서문엽, 1킬.

방패로 후려쳐 마무리.

탱커 라인이 붕괴되자 서문엽은 그대로 짓쳐 들어가 딜러들을 때려잡기 시작했다.

연이어 백하연도 왼쪽에서 순간 이동으로 안으로 침투했다.

최전방의 최혁도 신태경이 올라와 디펜스를 맡아주자, '오러 집중'을 공격적으로 사용하며 밀어붙였다.

―서문엽, 2킬.

―백하연, 1킬.

―서문엽, 3킬.

―치치 루카스, 1킬.

―치치 루카스, 2킬.

격렬하게 펼쳐진 전투.

그런데 하필 최혁의 상대는 치치 루카스였다.

오랜만에 근접 딜러였던 시절을 회상하며 공격적으로 플레이했던 최혁은 그만 치치 루카스의 제물이 되고 말았다.

디펜스로 최혁을 보조해 줘야 했던 신태경도 당황하다가 치치 루카스에게 처치당했다.

"아이고, 우리도 탱커진이 무너졌네."

"위험합니다."

백제호와 라이너 하임 코치도 심각성을 느꼈다.

치치 루카스를 뒤따라 이탈리아의 다른 딜러진도 이판사판이라는 듯 돌격을 감행한 것.

하지만, 역전을 노려보려던 치치 루카스의 행보는 거기까지였다.

파파파파파파파팟!

무려 13개의 마법진이 나타나 앞을 가로막은 것이다.

잠자코 오러를 아끼고 있던 피에트로가 마침내 실력 행사를 시작한 것이었다.

"으아아아!"

치치 루카스는 고함을 지르며 온 오러를 다 동원하여 마법진을 후려쳤다.

콰아아앙!

마법진 하나가 부서졌다.

하지만 아직도 12개나 남아 있었다.

당연하지만 마법진은 방어용이 아니었다. 그곳에서 영령들이 소환되었다.

콰콰콰콰쾅!!

모든 것을 휩쓰는 일격.

왜 한국을 상대로 한 타 싸움을 해서는 안 되는지 보여준 광경이었다.

천하의 프란체스코 카니니도 킬 하나 못 하고 영령들에게 휩쓸려 데스당해 버렸다.

그렇게 2세트는 6-0으로 한국의 승리가 되었다.

A매치 2연승.

심지어 유럽의 강호 이탈리아를 한 세트도 내주지 않고 압도했다.

전문가들은 서문엽과 피에트로, 백하연 등이 있으니 서로 전력상 비슷할 거라고 내다봤지만, 뚜껑을 열어보니 매우 강한 한국이었다.

제2장

동료

이탈리아를 상대로 거둔 대승.

1, 2세트 모두 MVP가 된 서문엽은 감독인 백제호와 함께 기자회견을 치렀다.

두 사람이 가장 많이 받은 질문은 하나였다.

"최근 대표 팀의 활약으로 국민의 기대감이 높아졌는데요, 한국의 월드컵 우승이 가능할까요?"

"우승을 논하기에는 아직 이르고, 그저 최선을 다할 뿐입니다. 일단은 당초 목표였던 16강부터 이루도록 하겠습니다."

백제호는 점잖게 답변했다.

서문엽도 같은 질문을 받았다.

요즘 한국에서 배틀필드 열풍이 불면서 우승 가능성을 점치는 것이 유행이었다.

서문엽은 덤덤히 말했다.

"개인적인 목표는 우승인데, 못해도 책임은 안 질 거니까 그 질문 그만합시다. 오케이? 이렇게 말하면 뒷말을 잘라먹고 '목표는 우승'이라고 대문짝만 하게 쓰겠네. 근데 그건 댁들이 알아서 하시고, 각자 생업에 종사합시다."

스포츠 기자들이 키득거리며 웃었다.

"서문엽 선수는 올해 들어 놀라울 정도로 폼이 많이 올라왔다는 평가를 받고 계십니다. 나단 베르나흐, 로이 마이어, 다니엘 만츠 등과 함께 올해의 선수상을 경쟁할 거라고 하는데, 수상 가능성에 대해 어떻게 생각하십니까?"

"포지션부터 다르고 하물며 11명 팀 경기에서 누가 최고냐를 논하는 평가는 주관적일 수밖에 없습니다. 저도 제 주관이 있고, 제 주관상 명백히 제가 최고이기 때문에 상을 주는 사람들의 평가에 관심 없습니다. 하지만 그와 별개로 그 선수들과 경기에서 겨루게 되길 기대하고 있습니다."

평상시와 같은 어투로 거만함을 드러내는 서문엽.

그러나 다들 익숙해져서 이를 이상하게 여기지 않았다.

그런데 그때, 어떤 중년의 기자가 색다른 질문을 던졌다.

"일부는 배틀필드를 폭력성을 조장하는 스포츠라며 반대하고 있습니다. 지저 문명의 침공 같은 일이 또다시 벌어질 때에 대비한다는 취지에 의문을 품고 있는데, 이에 대해 어떻게 생각하십니까?"

민감한 질문이라 백제호의 표정이 굳었다. 그는 급히 서문엽의 발언을 막으려 했지만, 이미 서문엽은 입을 열었다.

"분명 전쟁에서 승리했습니다. 최후의 던전은 붕괴됐고 그 뒤로 지저인들의 공격은 더 발생하지 않았습니다."

서문엽의 말에 기자가 재차 물었다.

"그 말씀은 배틀필드의 취지에 의문을 품는 주장에 일부 동의하시는 겁니까?"

"전혀요."

서문엽이 단호히 말했다.

"그 뒤로 20년이 흘렀습니다. 인간은 아직도 지저 세계를 정찰할 수단조차 없습니다. 그런데 확인되지도 않은 일에 대해 낙관할 수는 없습니다. 대비를 하는 것이 더 합리적입니다. 우리가 그들의 세계를 탐사하고 확인할 수 있을 때까지는."

기자회견은 그렇게 끝났다.

*　　　*　　　*

서문엽은 YSM의 클럽하우스로 되돌아갔다.

바이크를 타고 달려가니 피에트로가 이미 공간 이동으로 먼저 도착해서 기다리고 있었다.

"시작하지."

피에트로가 덤덤히 말했다.

고개를 끄덕인 서문엽은 자기 사무실에 있는 특수 접속 모듈에 들어섰다.

황무지 위에 거대한 뱀이 언제나처럼 두 사람을 맞이했다.

머리가 하늘까지 닿을 듯한 거대한 뱀.

그 위용을 지켜보다가, 피에트로가 먼저 포문을 열었다.

파앗!

공간 이동으로 단숨에 뱀의 코앞에 나타난 피에트로가 마법진을 만들었다.

파파파파팟!

마법진 13개를 한 줄로 겹쳐놓았다.

뱀은 갑작스러운 적의 출현에 놀랐지만, 조금도 머뭇거리지 않고 대가리를 들이밀며 돌격했다.

콰콰콰콰쾅!

박치기로 13겹의 마법진을 일거에 박살 내버리는 뱀.

그리고 삼키려는 찰나, 피에트로가 먼저 공간 이동을 펼쳐서 피했다.

이번에도 가까웠다.

바로 뱀의 머리 위에 나타난 피에트로가 또다시 마법진 13개를 만들어 겹쳐놓았다.

그런데 이번에는 마법진의 형태가 조금 달랐다.

동그란 원 안에 수놓아진 기하학적인 선들이 기존의 영령의 일격과 달랐다.

서문엽도 처음 보는 것이어서 깜짝 놀랐다.

'저 자식도 실력이 늘고 있구나.'

공간 이동으로 뱀의 공격을 피하면서도, 멀찍이 도망가려 하지 않고 계속 가까이 붙어서 싸우는 과감함.

거기에 기존에 본 적 없던 마법진들까지.

피에트로도 그간 뱀을 상대하는 방법을 연구하면서 좋은 방법을 찾은 듯했다.

이윽고.

우우우웅!

놀랍게도 마법진 13개가 서로 연결되었다.

13개의 원이 겹쳐지고, 놀랍게도 그 원 안의 기하학적인 선들이 서로 절묘하게 이어지고 있었다.

수학자들도 놀라서 저 수백 가지 선의 연결 형태를 연구하고 싶어 할 것 같은 놀라운 패턴의 마법진을 선보인 피에트로.

당연하지만 그것은 영령을 소환하기 위한 마법진이 아니었다.

뱀이 거침없이 돌격했다.

촤라라라라락!

마법진의 용도가 밝혀졌다.

바로 그물이었다.

13개의 원과 수백 가닥의 선들이 뱀을 부드럽게 감쌌다.

놀란 뱀이 격렬하게 대가리를 흔들며 저항했다.

저항하는 힘에 밀려 마법진들이 통째로 흔들렸지만, 피에트로는 끈질기게 컨트롤했다.

'좋아, 나도 간다!'

피에트로도 어느 때보다도 잘 뱀의 이목을 끌어주고 있었다.

서문엽은 전속력으로 달렸다.

'증폭, 속도에!'

속도를 108로 만든 서문엽이 바람처럼 질주했다.

갑옷도 경량화되었기 때문에 처음 싸웠을 때보다도 훨씬 빨랐다.

피에트로의 그물이 찢겨져 나갔다.

파앗!

다시 공간 이동으로 뱀의 머리 뒤로 간 피에트로는 다시금 마법진 13개를 만들었다.

이번에는 사령 소환이었다.

영령계에 이르지 못한 사악하고 억울한 영혼들이 오러에 깃들어 나타났다.

—억울하다…….

—너도 죽어야 한다.

—거대한 괴물이다.

―존재해서는 안 될 생명체구나…….

사령들이 뱀을 맹렬히 공격했다.

하지만 뱀은 자기 머리를 철퇴처럼 휘둘렀다.

부우웅! 붕!

뱀 머리에 얻어맞을 때마다 사령들이 우수수 쓸려 나갔다.

거대한 몸집도 몸집이지만, 그 몸 안에 강물처럼 흐르는 거대한 오러에 사령들이 견뎌낼 재간이 없었다.

그러는 동안, 서문엽은 질주하여서 뱀에게 가까이 접근했다.

피에트로도 너무 잘해준 덕에 여기까지 접근할 때까지 뱀이 알아차리지 못했다.

비로소 뱀이 서문엽을 의식했다.

부웅!

꼬리를 휘두른다.

바로 지금!

'증폭, 민첩성에!'

순간적으로 민첩성이 117이 됐다.

대신 속도는 98로 돌아왔지만, 지금까지 달려온 가속이 남아 있어서 크게 줄지 않았다.

이는 뱀과 끊임없는 사투 끝에 체득한 요령이었다.

팟!

힘껏 점프!

콰콰콰콰콰!

꼬리가 땅을 쓸고 지나갔다.

거대한 흙먼지가 일대를 뒤덮었다.

흙먼지를 뚫고 서문엽은 뱀의 몸에 접근했다.

동시에.

팟—

순식간에 무기 영체화를 시켰다.

무기 영체화를 하는 속도가 굉장히 빨랐다. 이 또한 훈련의
성과였다.

콰악!

—키아아아아!!

뱀이 비명을 질렀다.

고통보다는 분노였다.

영체화된 무기가 주는 고통에 몹시 민감하게 반응하는 뱀
이었다.

'그래, 만인릉 황제에게 호되게 당한 경험이 있지. 영체에 민
감하게 반응하는 것이 당연하다.'

이제 뱀의 분노가 온전히 서문엽에게 쏟아졌다.

어쨌든 전에는 한 번의 공격도 제대로 먹이지 못했었는데,
그때와 비교하면 엄청난 성과였다.

하지만 아직 끝나지 않았다.

팟!

서문엽은 찔러 넣은 창을 딛고 공중으로 솟구쳤다.

콰앙!

가까스로 뱀의 아가리가 서문엽이 서 있었던 지면을 통째로 씹었다.

또 한 번 회피에 성공한 서문엽.

등에서 창 한 자루를 더 꺼내 무기 영체화시키고 집어 던졌다.

푹!

―키아아!

목 언저리에 박혀 들었다. 뱀은 더욱 분노했다.

촤라라라라락!

온몸을 뒤트는 뱀.

삽시간에 길고 거대한 몸체가 똬리를 틀었다.

똬리를 틀어서 만든 거대한 동굴이 서문엽을 가둬 버렸다.

삽시간에 피할 곳이 없게 만든 뱀은 동굴 안으로 아가리를 벌린 채 돌격했다.

'증폭, 불사!'

서문엽은 판단이 빨랐다.

재빨리 영체로 변신해서 위로 비행했다.

방패와 창을 앞세워 똑바로 마주 돌격했다.

충돌하려는 찰나.

방패와 창만 그 자리에 놓고, 몸만 옆으로 바짝 붙어서 피했다.

카득!

뱀의 아가리가 방패와 창을 삼켰다.

그것은 고도의 페이크였다.

방패와 창만 제자리에 놓았을 뿐만 아니라, 시각적 이미지를 뱀에게 전달해 자신이 그곳에 있다고 착각하게 만든 것이다.

서문엽은 아슬아슬하게 동굴의 벽에 붙어서 아가리를 피했고, 거기서 그치지 않고 창 한 자루를 더 꺼내 뱀의 눈을 찔렀다.

푹!

―키아하아아아아아아아아!!!

고막을 터뜨릴 것 같은 초음파에 가까운 비명이 울려 퍼졌다. 이번엔 고통을 호소하는 비명이었다.

'좋았어!'

서문엽은 희열을 느꼈다.

저 망할 뱀에게서 저런 비명이 나오게 만들고 싶었다.

하지만 위기는 계속됐다.

뱀은 똬리를 틀었던 몸을 그대로 조여서 서문엽을 죄어 죽이려고 했다.

파앗!

문득 피에트로가 공간 이동으로 나타났다.

피에트로는 서문엽의 어깨에 손을 얹고, 다른 손에는 귀환석을 꺼낸 채였다.

파아앗!

똬리 튼 몸이 죄이기 전에 두 사람은 공간 이동으로 사라졌다.

공간 이동은 함께할 수 없다.

서문엽을 먼저 보내놓고, 그다음에 자신이 이동하는 건 가능했지만 방금은 그럴 틈이 없었다.

그래서 귀환석을 매개체로 활용해서 둘이 함께 이동하는 방법을 택한 것이다.

귀환석을 매개체로 삼았다고는 하지만, 이는 지저인 중에서도 오직 시공 컨트롤의 장인인 피에트로만이 가능한 일이었다.

"제법이더군."

피에트로가 칭찬했다.

"너야말로."

서문엽도 씨익 웃으며 화답했다.

두 사람은 어느새 최고의 콤비가 되어 있었다.

하지만 여유 부릴 틈이 없었다.

뱀이 어느 때보다도 더 분노한 상태였으니까.

게다가 서문엽이 찌른 눈도 완전히 실명된 게 아니고 상처만 났을 뿐이었다.

*　　　*　　　*

"우리 둘만 갖고는 안 돼."

서문엽이 견적을 내렸다.

"내가 열심히 수련하고 너도 새로운 마법진을 많이 개발하면 더 잘 싸울 수는 있겠지. 근데 확실히 부족해. 이길 수 있다는 생각이 안 들어."

"동료를 불러오자는 건가."

"필요할 거야."

"도움이 될 만한 사람이 있는지 모르겠군."

그게 문제였다.

그냥 물량 공세로 될 일이었다면 수백 명의 초인을 동원해서 싸울 것이다.

그런데 숫자가 많아봐야 소용이 없다.

뱀에게는 정상적인 공격 자체가 안 통하기 때문이다.

탱커들?

막긴 뭘 막겠나.

꼬리 한 번 휘두르면 수십 명이 스크럼을 짜도 학살당할 텐데.

'제럴드 워커 같은 튼튼한 녀석 수십 명을 세워놔도 볼링 핀처럼 우수수지.'

근접 딜러도 소용없다.

오러를 주입한 무기로 공격한다고 생체기 하나 못 낸다.

오직 무기 영체화를 시킨 서문엽의 물리적 공격만이 통한다.

단적으로, 나단 베르나흐를 데려와도 아무런 도움이 안 되는 것이다. 공격이 아예 안 통하니까.

마법형 초능력을 쓰는 원거리 딜러들?

그들 중에서도 제한이 있다.

예를 들어 심영수.

제법 괜찮은 폭발을 일으키는 '폭발 구체'는 전 세계 원거리 딜러를 통틀어도 준수한 수준이다.

그러나 저 뱀에게는 조금도 타격을 못 준다. 폭발 구체를 아무리 퍼부어도 뱀은 아예 신경조차 안 쓸 것이다. 아무런 타격도 안 받는데 신경을 왜 쓰겠는가?

적어도 슈란은 되어야 대미지다운 대미지를 줄 수 있을 것이다.

'슈란이라……'

분명 도움을 될 거다.

하지만 그 도움이라는 게 전술적으로 의미 있는 수준은 아닐 것 같다.

상대는 그 정도로 무지막지한 괴물이었다.

괜히 백제호에게조차 이 일을 비밀로 하고 있는 게 아니었다.

도움은 되지 않고, 괜히 공포심만 조장할 뿐이니까.

"인간 중엔 딱히 없네. 지저인 중에는 없냐?"

"잘 모르겠군."

"최소한 공간 이동은 자유자재로 쓰니까 뱀의 공격을 피할 수는 있을 거 아냐."

"쉽게 생각하는군. 보통은 공간 이동을 쓰기 전에 공격에 맞을 거다."

한마디로 자신이니까 이 정도로 싸우는 거라는 피에트로의 거만한 한마디였다.

"최소한 상급 사제 정도는 되어야 공격을 피하기 전에 공간 이동을 쓰는 게 가능한데, 그 정도 수준의 실력자가 남아 있지는 않지."

거기까지 말하다가 피에트로는 잠시 침묵했다.

"살아 있는 이들 중에는 없는 것 같군."

죽은 이들을 데려오면 된다는 말투로 들렸다.

*　　　*　　　*

─억울하다… 억울하다…….

사령이 끊임없이 같은 말을 중얼거린다.

─억울한가.

─억울하다… 억울하다……!

─무엇이 그리도 억울한가.

─내 인생과 신념 모두가 헛되이 버려져 버렸어!

조금 부추기자 사령은 분노를 토해냈다.

—지금도 사령들의 악의에 찬 비웃음이 들려. 난 영원히 굴욕 속에서 이대로 떠돌게 될 테지!

—누구 때문이냐?

—태초의 빛을 사칭한 거짓된 망령! 그리고 거기에 속아 넘어간 머저리 같은 첫 번째 상급 사제! 그놈이 현명하고 지혜롭다고 믿어 왔어! 옛날부터 재기발랄하게 빛났던 동료였으니까.

—동의한다. 그게 지나쳐서 타락한 자를 많이 봤지.

—용서할 수 없다! 용서할 수가⋯⋯!

—그럼 어찌할 것이냐?

—나는⋯ 나는⋯⋯!

유도하던 대로 분노의 말을 쏟아내던 사령이 문득 말을 멈췄다.

사령은 보통 사령이 아니었다.

게다가 아직 죽은 지 얼마 되지 않아서 넋이 비교적 또렷했다.

다른 사령들의 악의에 찬 마음에 휩쓸려서 정신을 못 차리고 있지만, 그건 아직 익숙해지지 않았기 때문이었다.

—누구냐. 누군데 나를 감히 다스리려 드느냐?

—알 텐데?

—뭐라고?

놀란 사령이 비로소 상대의 정체를 알아차렸다.

—대사제님이십니까?

―이제는 아니다.

―저를 사령 언데드로 만들려고 하십니까?

―요약하자면 그렇지.

―당신이라면 그럴 능력이 있죠. 하지만 부디 저를 모욕하지 말아주십시오.

―강제할 생각은 없다. 한 번 죽었더니 그 정도 능력도 남아 있지 않아.

영혼을 다루는 계열은 전 대사제, 피에트로의 특기 분야였다.

하지만 한 번 죽어서 사령이 된 몸.

인간의 육신을 빌려 살아났지만 완전한 생명이 아니라서 육체와 영혼의 결속력이 약했다.

본인의 영혼을 간수하는 것도 노력이 드는 만큼, 다른 이의 영혼을 옛날처럼 자유자재로 다루기는 무리였다.

특히 살아생전 대사제 휘하에 8명뿐인 상급 사제였을 정도로 거물인 사령을 강제할 힘은 남아 있지 않았다.

감당 못 할 사령을 건드리지 말라는 철칙은 이제 피에트로에게도 적용되는 것이다.

―그건 다행이군요. 어쨌든 반가웠습니다. 대사제님과 대화를 하면서 정신이 약간 돌아왔습니다.

―하지만 다시 혼탁해지겠지.

―…그렇겠지요.

―영령계와 달라. 악의밖에 남지 않은 사령들 사이에서 휩쓸리

면 자아를 잃고 만다. 결국은 네가 누구였는지도 잊겠지.

─역시 잘 아시는군요. 그게 제 처지입니다. 영원히 벗어날 수 없는 굴레겠죠.

─딱 하나. 자아를 잃어도 영원히 기억나는 것이 있다.

피에트로가 계속 말했다.

─원한. 다 잊어도 분노는 남아 있을 거다. 영원히 분하고 억울함을 품은 채 존재하겠지.

─그래서! 그래서 뭘 어쩌라는 겁니까? 어리석은 첫 번째 대사제를 추종하다가 멍청한 희생을 한 저를 비웃으시렵니까? 아니면 절 언데드로 살려내시렵니까? 제 시체는 남아 있지도 않을 텐데요!

온전한 시체가 어떤 일에 쓰일지 모두 잘 알았다.

첫 번째 상급 사제가 그의 시체를 남겨두는 실수를 할 리 없었다.

─심지어 진짜 육체도 아닌 것에 저를 가둘 생각은 아니시겠지요?

─말했듯 강제할 생각은 없다.

피에트로가 차분하게 그를 타일렀다.

─그럼 무슨 생각이십니까?

─일단 하나는 확실히 하지. 내가 널 살려내려 한다면, 이유는 하나밖에 없지.

─첫 번째를 처치하는 일입니까?

─첫 번째는 찾는 게 문제일 뿐이지 싸우는 게 문제가 아니다.

너도 악령들이 너를 비웃는 말을 들었지? 너희가 누구에게 조종 당했다고 하더냐?

─그… 가짜 태초의 빛을 말씀하시는 거군요.

─그놈을 일컫는데 그분을 언급하지 마라.

─죄송합니다.

─그것은 강대한 괴물이다. 생장의 한계가 매우 높은 고대 시절 의 괴물이며, 지성까지 얻었다. 그 지성이 어느 정도 수준에 이르 렀는지는 너도 알 테지? 다섯째여.

그랬다.

피에트로가 접촉한 사령은 바로 다섯째 상급 사제였다.

문명이 몰락한 후, 대사제를 자처하는 첫 번째 상급 사제를 추종하다가 서문엽에게 죽임당한 사령이었다.

신념을 위해 첫 번째 상급 사제를 대신하여 희생했지만, 결 국 영령계에 이르지 못하고 사령이 되어 떠돌게 된 신세였다.

사제의 최종 목표인, 영계에서 지혜를 추구하는 영령이 되 어서 후세에게 조언을 주는 선조가 되는 것에 실패한 것이다.

상급 사제가 되어 살았던 평생을 부정당한 천후의 한이었다.

어느 쪽이 옳고 어느 쪽이 잘못되었는지는 명백했다.

─그래서 제게 뭘 원하십니까? 영민했던 첫 번째마저 속여 영혼 을 속박시킨 지성을 가진 강대한 괴물! 예, 그런 적과 어떻게 싸우 실 생각이신지는 모르겠지만, 제가 추한 언데드가 되어 돕는다 한 들 한 줌의 보탬이라도 되겠습니까?!

다섯째 상급 사제는 역정을 냈다.

―재단에서 싸울 때 제가 만든 괴물을 보셨지요?

―그렇다.

―그게 제 모든 지식을 다 넣은 역작이었습니다.

―훌륭하더군.

20m나 되는 덩치에 날개까지 달린 미완성 괴물.

예언의 괴물이 자기 수하 괴물의 영혼을 불어넣어서 살려
놓자 엄청난 위력을 발휘했었다.

―제 작품이 대사제께서 말씀하신 그 괴물 자식과 비교하면 어
떻습니까?

―3초도 못 버틸 거다.

―하하하…….

다섯째 상급 사제는 힘없이 웃었다.

승산이 없다는 뜻이었다.

설령 언데드가 되는 굴욕을 감수하더라도, 이 원한을 풀 방
법이 없었다.

이 얼마나 원통한가.

거짓말에 속아 일생을 송두리째 부정당하고 영원히 고통받
게 된 이 말로가. 그럼에도 원한을 풀 방법이 조금도 없다니!

다섯째 상급 사제는 들끓는 분노를 느꼈다.

분노로 이성을 잃고 고통을 소리치고 싶은 기분이었다.

하지만 그것이 자아를 잃은 사령의 특징임을 알기에 억지

로 억눌렀다.

억눌러도 그의 분노는 고스란히 피에트로에게 전달되었다.

―네가 도움이 될 방법이 있다면 하겠느냐?

―전 결코 언데드로 태어나지 않을 겁니다. 게다가 제가 도움이 될 것 같지도 않군요. 살아생전의 능력으로도 모자란데 하물며 이미 죽은 지금은 어떻겠습니까?

―내게 생각이 있다. 내가 지금 시도하려는 새로운 술법은 네가 생각하던 언데드와 다를 거다.

그 말에 다섯째 상급 사제는 호기심이 들었다.

사령으로 전락한 와중에도 대사제의 새 술법에 관심이 가는 것은 어쩔 수 없었다.

―뭡니까?

―내가 지금 인간의 몸인 건 알 테지?

―예.

―하지만 사령이 되어서 완전하지 못한 내 영혼은 육신이라는 그릇을 완전히 채우지 못해. 그래서 결속도 약하지.

―이미 죽음을 경험한 영혼으로서는 어쩔 수 없는 노릇입니다.

언데드가 살아생전의 힘을 발휘할 수 없는 이유도 여기에 있었다.

―이 빈 공간에 너를 불러들여 채울 생각이다.

그 말에 다섯째 상급 사제는 터무니없다는 듯 웃는 감정을 보냈다.

―말도 안 됩니다. 여러 사령으로 육체를 다 채우려는 시도는 이미 예전에도 했잖습니까. 자아를 잃은 사령을 같이 놓으면 오히려 분열을 일으키고, 아직 자아를 가지고 있는 저나 대사제님의 경우는…….

―육체의 그릇에 공간이 부족하지.

―알고 계시는군요.

―거기에 새로운 힌트를 얻었다. 인간의 문물은 영감을 주는 것들이 많더군. 긴말하지 않겠다. 나는 없는 공간을 만들어 확장했다. 그게 이 술법의 근간이지.

―그, 그게 가능합니까?

―내게 온다면 넌 그저 내게 속한 채로 잠들어 있게 될 거다. 그리고 난 나의 능력에 너의 능력을 더할 수 있지.

―그저 잠들어 있을 뿐입니까?

―그래, 인간의 육신에 깃들었다는 치욕을 느낄 새도 없이 그저 잠들어 있으면 된다. 그러나 태초의 빛의 뜻에 따라 싸우는 데 보탬이 되는 것이지.

―그렇다면…….

고민은 길지 않았다.

이렇게 고통받고 있는 것보다는 나았으니까.

―하겠습니다.

―좋아, 널 부르겠다.

                    *   *   *

　출입을 금지시켜 놓은 서문엽의 사무실에 두 사람이 있었다.

　하나는 바닥에 새긴 초혼(招魂) 마법진 위에 상의를 탈의한 채 앉아 있는 피에트로.

　또 하나는 피에트로가 하는 양을 구경하는 서문엽이었다.

　피에트로의 벗은 상의는 문신으로 도배되어 있었다.

　인간이 된 피에트로가 갑자기 타투이스트가 된 것은 아니었다.

　몸에 새긴 문신은 모두 마법진과 같은 문양들이 복잡하게 얽혀 있었다.

　'그물 마법진하고 비슷하게 생긴 것 같은데.'

　서당 개 3년에 풍월을 읊는다고 했던가.

　하도 피에트로가 펼치는 마법진을 많이 본 서문엽은 대강 공통점과 차이점을 알아볼 정도는 되었다.

　상반신에 새겨진 문신의 형태는 얼마 전에 뱀과 싸울 때 피에트로가 선보였던, 그물처럼 뱀을 잡아놓던 마법진과 비슷하게 생겼다.

　'잡아놓는다? 무엇을 잡아놓으려고 몸에 새겼지?'

　어쨌든 서문엽은 방해되지 않게 묵묵히 구경만 할 따름이었다.

그런데 그때였다.

파아앗!

바닥에 새긴 마법진이 빛나기 시작했다.

그리고 그 안에서 검은 영기(靈氣)가 한 줌의 아지랑이처럼 흘러나와 피에트로의 몸에 들어갔다.

이윽고.

파앗!

상반신에 새겨진 마법진들도 온통 흰빛을 냈다.

혼자 보기 아까울 정도로 신기한 광경이었다.

그물처럼 서로 얽혀 있는 문신이 상반신에서 벗어나 바깥으로 돌출했다가 다시 원상 복귀 되었다가를 반복했다.

마치 그물에 갇힌 물고기가 빠져나가려고 날뛰는 걸 억지로 붙드는 듯한 기분이었다.

'저러다 그물 찢겨지는 거 아냐?'

서문엽은 우려스럽게 피에트로를 지켜봤다.

피에트로의 얼굴이 일그러졌다. 그가 저렇게 고통을 표출하는 것은 처음 있는 일이었다.

하얗게 빛나는 문신들이 피부 위에서 멋대로 움직였다.

정교한 손목시계의 톱니바퀴처럼 치밀하게 움직인다.

이윽고 빛이 잦아들었다.

피에트로가 눈을 떴다.

"됐군."

고통 탓에 이마에 식은땀이 맺혔지만 피에트로는 덤덤히 말했다.

"이제 괜찮은 거야?"

"그래. 성공했다. 다섯째를 불러들였어."

"한 몸에 두 영혼이 같이 있다고?"

"그렇다."

서문엽은 분석안으로 피에트로를 살펴보았다.

―대상: 피에트로 아넬라(인간)

―근력 52/53

―민첩성 60/61

―속도 57/58

―지구력 41/42

―정신력 100/100

―기술 42/42

―오러 197/197

―리더십 100/100

―전술 97/97

―초능력: 공간 이동, 명상, 초혼, 영령의 일격, 생명 조작

'응?'

서문엽은 깜짝 놀랐다.

노화 탓인지 근력, 민첩성, 속도, 지구력이 1씩 줄어 있는 상태. 하지만 그것은 평소와 같으니 새삼스러울 것도 없었다.

그런데 오러의 수치가 이상했다.

100/100이었던 오러가 지금은 무려 197/197이었다.

현재 능력도 한계치도 2배 가까이 뻥튀기된 것이다.

초능력도 하나 더 늘었다.

지저인의 경우 오러로 다양한 일을 할 수 있지만, 특별히 잘하는 특기만이 초능력으로 따로 표기된다.

피에트로에게 초능력이 하나 더 표기되었다.

생명 조작.

괴물을 만드는 게 특기였던 다섯째 상급 사제의 영혼이 가진 힘을 흡수한 덕분이었다.

우우웅.

피에트로는 오러를 한 번 일으켜 보더니 다시 사그라뜨리고는 말했다.

"괜찮군. 이 정도면 그럭저럭 생전의 능력에 가까워졌어."

살아생전 대사제였던 피에트로의 오러는 서문엽이 분석안으로 봤던 수치로 228이었다.

아직 거기에는 못 미치지만, 적어도 그 밑의 상급 사제들 수준은 넘어섰다. 물론 오러 활용법은 한참 위지만 말이다.

"그래, 더 강해진 건 축하하는데, 그게 큰 의미가 있냐? 동료를 불러온다고 했잖아?"

"불러왔다. 내 몸 안에 잠들어 있지만."

"허이구, 그러서?"

서문엽이 비아냥거렸다.

그러자 피에트로가 말했다.

"언데드가 되면서 생전의 힘을 잃었지만, 대신 인간이라는 새로운 종족으로서 살면서 나는 많은 걸 얻었다. 새로운 관점에서 생각하면서 많은 영감을 얻었지. 설령 살아생전의 나라고 해도 지금의 나보다 더 뱀과 싸우는 데 도움이 되진 못했을 것이다."

그의 말이 이어졌다.

"그래서 이번에는 지식은 나보다 못하지만, 다양한 실험을 해보았던 다섯째의 사고방식을 얻고자 했다. 오러양이 늘어난 건 도움이 되지만 그게 주목적이 아니다."

"그래서 도움 되는 지식이 있냐?"

"다섯째가 예전에 재미있는 발상을 한 적 있더군. 그걸 구현하는 기술이 한참 부족해 이루지 못했지만, 나는 다르지. 이건 꽤 도움이 될 것 같다."

—
제3장
생명의 창

C조: 미국, 네덜란드, 대한민국, 남아공.

월드컵 조 편성에서 대한민국은 C조에 속했다.

언론은 C조가 죽음의 조라고 말했다.

언론이 언제나 조 편성을 놓고 호들갑 떨긴 했지만, 이번에
는 틀린 말이 아니었다.

미국은 말이 필요 없는 월드컵 최다 우승 팀.

네덜란드도 랭킹 20위 안에 드는 유럽의 강호였다.

남아프리카 공화국의 경우 최근 급부상한 아프리카 대륙에
서 가장 강한 팀이며, 빅 리그 선수들이 다수 포진되어 있었다.

거기에 중국을 제치고 올해 아시아 최강팀으로 분류된 한국은 얼마 전 이탈리아전에서도 저력을 보여주었다.

선수들이 기량이 고르지 못한 게 단점이지만, 서문엽과 피에트로 아넬라가 있는 것만으로도 얼마나 강력할 수 있는지 보여주었다.

때문에 C조를 죽음의 조로 부르는 것은 비단 한국 언론만이 아니었다.

월드컵이 코앞에 다가오면서 모든 국가 대표 선수들이 소집되어 훈련을 개시했다.

이는 서문엽도 마찬가지여서 트레이닝에 열중했다. 월드컵보다는 자신의 능력치를 더 높이는 데 안간힘을 쓰는 서문엽이었다.

얼마 전부터 엄청난 하드 트레이닝을 하는 서문엽의 열정은 이미 널리 알려져 있었다.

YSM이 그랬듯, 대표 팀의 선수들도 상상을 초월하는 강도로 스스로를 혹사시키고 있는 서문엽에게 동화되었다. 서문엽처럼 강한 선수도 그토록 열심히 하니 다른 선수들도 눈치껏 이에 따를 수밖에 없었다.

거기다가 서문엽은 때때로 선수들에게 저승사자라 불렸다.

"유벽호."

"헉, 예!"

음료수를 뽑으러 나왔던 유벽호는 서문엽과 마주치자 화들짝 놀랐다.

　　—대상: 유벽호(인간)
　　—근력 72/72
　　—민첩성 79/79
　　—속도 80/80
　　—지구력 65/75
　　—정신력 77/80
　　—기술 84/85
　　—오러 71/71
　　—리더십 32/40
　　—전술 52/61
　　—초능력: 순간 가속

　　—순간 가속: 오러를 지속적으로 소모하여 30초간 몸을 30% 빨리 움직인다.

예전과 달리 기술이 84까지 오른 덕에 순간 가속으로 빨라진 스피드를 어느 정도 컨트롤할 수 있게 된 유벽호.

그 덕에 얼마 전 A매치에서도 계속 주전으로 기용됐다.

"너 지구력이 많이 부족하더라?"

분석안으로 슥 본 서문엽이 말했다.

"아, 네. 열심히 노력하고 있습니다."

"아냐. 전하고 큰 차이가 없는 걸 보니 노력이 부족해."

"더, 더 열심히 하겠습니다."

유벽호는 마음속으로 '제발……' 하고 기도를 올렸다. 그러나…….

"내일부터 나랑 같이 훈련하자."

"크헉!"

그렇게 저승사자의 부름을 받게 된 유벽호는 다음 날부터 서문엽의 하드 트레이닝에 동참하게 되었다.

서문엽이 최근 주로 하는 셔틀 런은 지구력에 더 큰 효과를 보이기 때문에 유벽호에게 제격이었다.

엄청난 정신력으로 인해 일분일초도 집중을 놓지 않는 서문엽은 훈련을 잠시도 대충 습관대로 하는 법이 없었다.

그 탓에 유벽호도 죽을 맛이었다.

뒤에서 서문엽이 함께 뛰는데, 자신보다 훨씬 빠르고 훨씬 오래 뛰는 사람과 직접 비교되니 비참한 기분이 들었다.

거기다가.

"어쭈? 정신 줄 놨냐? 집중해!"

조금이라도 지쳐서 느려지려는 기미만 보여도 지적이 날아왔다.

붙들려서 함께 훈련한 유벽호는 코치가 나타나 그만하고 쉬라고 구조해 준 뒤에야 해방되었다.

그렇게 매일매일 혹사당한 유벽호는 좀비처럼 눈빛이 풀려 버렸다. 다만 지구력이 69/75로 단기간에 큰 폭으로 늘어났으니 본인에게는 행운이었다.

'금방 70 채울 수 있겠네. 계속 굴려야겠다.'

유벽호는 당분간 이 훈련 지옥에서 해방될 기미가 안 보였다.

희생자는 또 있었다.

"만식이."

"헉, 예!"

"간밤에 치맥 맛있었냐?"

"헉!"

최만식은 기겁했다.

백하연이 간밤에 순간 이동으로 탈출해 치킨과 맥주를 잔뜩 가지고 돌아왔다. 최근 높은 강도의 훈련으로 스트레스를 받은 선수들은 몰래 파티를 벌였다.

그러나 밤마다 피에트로와 함께 YSM 클럽하우스에서 뱀과 사투를 벌이는 서문엽이 숙소로 돌아와서 이를 알아챘다.

물론 서문엽은 그것을 두고 뭐라고 할 생각은 전혀 없었다.

단지 용서가 안 되는 건 아직 재능을 다 끌어내지 못한 최만식의 능력치였다.

"잘 먹었으면 더 열심히 뛰어야지?"

"예……."

"너 발이 너무 느리던데, 나랑 트레이닝 같이해야겠다."

"크흑!"

대표 팀에서 늘 후보였던 탱커 최만식은 최근 서문엽이 딜러로 가고 그 외에 4탱커를 선발하는 대표 팀의 기조 덕에 주전으로 발돋움했다.

경기마다 그냥저냥 괜찮은 근력과 지구력을 가졌지만 발이 느려서 왜 후보였는지를 보여주던 최만식은 속도 64/69의 소유자였다.

한계치인 69를 달성할 때까지 그는 서문엽의 훈련 지옥에 동참해야 했다.

그렇게 서문엽은 눈에 띄는 대표 팀 선수를 가끔씩 잡아와 자신의 훈련 코스 일부에 집어넣었다.

경이로운 것은 선수 여럿이 힘들어 죽으려 하는 훈련들을 그는 매일매일 전부 다 하고 있다는 사실이었다.

"초인이라는 단어는 사실 저 사람에게만 써야 하는 걸지도 몰라."

"혼자서 3인분의 훈련을 하고 있어."

"저러다 몸 탈나는 거 아냐? 초인이라도 몸에 한계는 있는 법인데."

혀를 내두른 것은 선수들뿐만이 아니었다.

대표 팀 코치들은 스스로를 지나치게 혹사하는 오버 트레이닝에 기겁을 해서 뜯어말렸지만, 서문엽은 자기 몸은 자기가 잘 안다며 아랑곳하지 않았다.

보통은 그러다가 부작용으로 몸에 문제가 생기는 게 정상이다.

하지만 서문엽은 초능력 '영혼 연성'으로 인해 각 능력치의 한계가 언제나 1씩 늘어나고 있었다.

사실상 무제한으로 훈련하는 만큼 올릴 수 있는 것.

가브리엘 감독이 지적했던 것처럼, 최선을 다해야 하는 적과 싸워보고 보강해야 될 점을 알게 되면서 서문엽은 꾸준히 능력치가 상승하고 있었다.

─대상: 서문엽(인간)

─근력 91/95

─민첩성 108/109

─속도 100/101

─지구력 101/102

─정신력 111/112

─기술 108/109

─오러 110/111

─리더십 100/101

─전술 100/101

─초능력: 분석안, 던지기, 불사, 증폭, 영혼 연성

근력은 1 더 줄어서 91.

대신 몸이 가벼워져서 민첩성은 1 늘었고, 속도는 2 늘어나서 마침내 100에 이르렀다.

99였던 지구력 또한 인간의 한계를 돌파하여 101이 되었다. 고강도 트레이닝을 장시간 반복했으니 지구력이 안 늘 리 없었다.

기술도 1 늘었다.

100을 넘은 지 오래였던 기술은 올리기가 참 힘든 능력치였는데, 뱀을 상대로 싸울 때 영체 상태와 무기 영체화를 수시로 바꾸며 응용한 까닭에 늘었다. 영체화를 다뤄야 기술이 더 쉽게 오른다는 걸 깨달은 성과였다.

뿐만 아니라, 같은 이유로 영체화를 집중적으로 다뤘더니 오러 컨트롤도 좋아져서 오러가 1 상승했다.

'이 정도로도 소용없어.'

서문엽은 목표치가 매우 높았다.

그의 적은 무려 예언의 괴물이었다.

스스로를 왕이라 칭하는 그 괴물보다 더 약한 가짜 뱀한테도 맥을 못 추고 있는 현실에서 서문엽이 만족을 느낄 리 없었다.

물론 공격 한 번 못 하고 꼬리 한 방에 나가떨어졌던 때보다는 훨씬 나아졌지만, 아직 승산이 보이지 않았다.

'아프게 해서 화를 돋울 수는 있어도 확실한 대미지를 줄

방법이 없어.'

이런 생각 하긴 싫지만 서문엽은 자신이 그 거대 뱀 앞에서 모기가 된 기분이었다. 귀찮긴 하지만 병균이라도 옮기지 않는 이상 사람이 죽진 않는다.

대체 만인릉의 황제는 살아생전에 얼마나 강했던 것인지 상상이 가지 않았다.

'능력치를 더 올려봤자 공격을 몇 번 더 피하는 게 고작이야. 역시 기대할 건 피에트로밖에 없나. 근데 이 자식은 어디서 뭘 하는 거지?'

다섯 번째 상급 사제의 사령을 흡수한 피에트로는 흥미로운 아이디어가 떠올랐다며 매일 정규 훈련만 마치면 공간 이동으로 사라졌다.

무엇을 연구하는지는 몰라도 빨리 성과를 가져왔으면 싶었다. 월드컵이 목전인데 서문엽은 뱀과 싸워 이길 생각으로 가득했다.

*   *   *

카메라 셔터 소리가 공항에 난무했다.

한국 대표 팀이 월드컵 참가를 위해 출국하는 날에 벌어진 일이었다.

어느 때보다도 기대감이 높은지라 기자들과 팬들이 공항에 몰려와 북새통을 이루었다.

"월드컵 출전 앞두고 각오 한 말씀 부탁드립니다!"

"똑같은 질문 몇 번 하냐?"

서문엽은 가벼운 핀잔으로 대답을 대신하고는 휙 안으로 들어갔다.

뒤따르던 피에트로도 기자들을 무시하고 따라 들어갔다.

그 뒤의 선수들이나 열심히 대답해 줄 뿐이었다.

서문엽은 피에트로에게 물었다.

"하는 일은 어떻게 됐어?"

"곧 있으면 완성될 것 같다."

"만드는 게 뭔데? 끝내주는 괴물이라도 되냐?"

"생체 조작으로 괴물을 만들어봐야 왕에게 대적하기엔 턱없이 약하다. 하지만 어찌 보면 괴물이라는 말이 틀린 표현도 아니군."

"뭐래?"

"며칠만 더 있으면 완성된다. 그때 확인해도 늦지 않아."

피에트로는 말을 아꼈다.

비행기를 타고 월드컵 개최지인 미국 LA로 향하는 중에도 피에트로는 남은 비행시간을 확인하더니, 비행기 안에서 달리할 것도 없으니 가서 연구나 하고 오겠다며 화장실 가는 척하며 공간 이동으로 사라져 버렸다.

LA에 도착하자 환영 인파가 있었다.

"서문이다!"

"서문엽! 인류를 구해줘서 고맙다! 하지만 로이 마이어가 더 위대한 선수야!"

"우승은 미국이 하고 MAP는 로이 마이어다!"

LA 워리어스의 연고지답게 배틀필드 열성팬들이 상당히 많았다.

서문엽 실물 좀 보겠다고 온 배틀필드 팬들이 그의 등장에 고래고래 소리치며 환영했다.

그런데 은연중에 로이 마이어와 비교되고 있는 피에트로 아넬라가 나타나자, LA 팬들의 태도가 거칠게 변했다.

"이 자식아! 너 따위가 로이 마이어와 같은 수준에 있다고 착각하지 마!"

"최고의 원거리 딜러는 로이 마이어야!"

"아니꼬운 늙다리 자식!"

물론 피에트로는 야유에도 눈 하나 깜짝하지 않았다. 아예 관심이 없었다.

서문엽은 낄낄거렸다.

저들은 알까.

인간도 아니고 지저인도 아닌 저 이상한 녀석에게 세계의 존망이 달려 있다는 것을 말이다.

숙소에서 여장을 풀고 쉬고 있을 때, 피에트로는 다시 한 번 사라졌다.

그리고 그날 밤, 피에트로는 2m가량 되는 길이의 무언가를 들고 돌아왔다.

"완성했다."

서문엽은 피에트로가 들고 온 것을 보며 물었다.

"그거 혹시 창이냐?"

"그렇다."

피에트로는 물건을 둘둘 말고 있던 천을 풀었다.

그것은 서문엽이 난생처음 보는 괴상한 창이었다.

아니, 그것을 창이라고 할 수 있을까?

앞쪽의 창날은 어떤 괴물의 뼈로 이루어져 있으며, 몸체는 자드룬의 줄기와 비슷했다.

끝부분은 주먹만 한 마력석이 장착되어 있었다.

분명 괴물들의 신체 일부를 이것저것 가져와서 만든 창 같았다.

그런데 서문엽은 그 창에서 단지 재질이 괴물의 부산물이라는 것만으로는 설명되지 않는 이질감을 느꼈다.

생긴 것부터가 꺼림칙스러웠지만, 서문엽은 일단 창을 쥐어 보았다.

이질감의 정체가 확실해졌다.

창을 쥔 손에서부터 이상한 감각이 느껴졌다.

창에 오러가 흐르고 있는 게 느껴졌던 것이다. 서문엽이 오러를 주입시킨 것도 아닌데 말이다.

서문엽이 물었다.

"혹시 이거 살아 있냐?"

"잘 아는군."

피에트로가 가볍게 대꾸했다.

이질감의 정체.

피에트로가 만든 것은 한 자루의 창이었지만, 살아 있는 괴물이기도 했다.

창끝에 달린 마력석은 이 괴물 창의 생명을 유지시켜 주는 장치였던 것이다.

* * *

살아 있는 괴물이라는 느낌이 손아귀에서 물씬 드니, 창을 계속 쥐고 있기가 찜찜했다.

괴물을 밥 먹듯이 죽인 서문엽이 고작 괴물 창에 불길함을 느낀 건 아니다.

다만…….

"찜찜하네. 살아 있는 놈이니까 무기로 신뢰가 잘 안 들어."

서문엽은 피에트로가 가져온 괴상망측한 창에 대한 첫인상이 별로 좋지 않았다.

그냥 금속으로 된 창이면 뭘 하든 컨트롤하는 대로 다뤄질 테니 문제없다.

그런데 살아 있는 녀석이면, 싸움 중에 일어나는 미지의 변수가 자신이 들고 있는 무기에서 벌어질지도 모르는 일이었다.

"엄밀히 말하면 완전히 살아 있다 할 수는 없지."

피에트로가 설명했다.

"다른 환자에게 이식하기 위해 적출한 장기가 그 자체로 살아 있는 생명체라고 말하기는 힘든 것과 같은 이치다. 자체로 살 수 없는 형태이기 때문에 구현하기 어려운 발상이었다."

이 어려운 걸 나는 해냈다는 결론에 이르는 피에트로의 화법.

설명이 계속되었다.

"마력석이 미세한 오러를 계속 공급하기 때문에 완전히 살아 있지는 않지만 죽지도 않은 채로 유지시킨다."

서문엽은 창을 들어 괴물의 뼈로 만들어진 창날을 유심히 살폈다.

"그래서, 이 창이 내가 쓰던 것보다 좋은 거야?"

"용도에 따라 다르겠지. 창의 전체 내구도 자체는 쇠보다도 약하니까."

"뭐?"

서문엽의 표정이 일그러지는 찰나, 설명이 이어졌다.

"생물과 무생물의 오러 전도율 차이를 생각해 보면 이 창의 용도를 확실히 알 수 있다고 생각한다만."

그제야 서문엽은 손에 든 찜찜한 창을 새로운 관점에서 생각하게 되었다.

오러가 더 원활하게 전달된다면 확실히 최고의 무기라 할 수 있었다.

물론 오러를 주입한다 해도 무기 자체의 내구성도 중요하지만 말이다.

"하긴 어차피 뱀이랑 싸울 때는 무기 영체화를 무조건 해야 하니까."

서문엽도 납득했다.

"무기 영체화를 했을 때도 영혼의 힘이 무생물보다 잘 전도될 거라는 발상에서 제작한 무기다. 처음 만든 것이니 일단 시험해 보고 보완할 부분을 찾는 게 어떤가?"

"그래야겠네. 그럼 잠시 한국에 다녀와 볼까?"

"그러지."

피에트로는 공간 이동으로 서문엽을 강화도에 있는 YSM 클럽하우스로 먼저 보냈다. 그 뒤에 뒤따라 공간 이동을 썼다.

*   *   *

던전에 접속했다.

이번에는 가진 무기가 방패와 창 한 자루뿐이었다.

처음 써봐서 다소 생소한 무기였다. 손에 쥔 감촉부터가 낯

설다.

그래도 괜찮다.

고작 무기 하나지만, 지금까지와는 다른 변수가 생겼으니까.

'이전까지는 얼마나 길게 싸우느냐가 달랐을 뿐 승산이 0%인 건 마찬가지였어. 무기라도 뭔가 달라지는 편이 낫다.'

봐도 봐도 질리지 않는 저 거대한 뱀은 언제나처럼 산 같은 위용으로 우뚝 서 있었다.

실제로는 저만한 덩치에 지성이라는 이름의 교활함에 오러와 영혼을 다루는 각종 술법까지 갖췄다고 하니 기도 안 찬다.

이렇게 승산이 없는 경우는 난생처음이라 당황스러울 정도인데, 그럼에도 서문엽은 도전 정신을 잃지 않고 있었다. 설마 승산이 0%인데도 이겨보고 싶다는 오기가 발동될 줄은 몰랐다.

"먼저 시작하지."

가볍게 말한 피에트로가 공간 이동으로 사라졌다.

팟!

다시 나타난 곳은 뱀의 머리 위.

뱀은 곧바로 휙 고개를 치켜든다. 왕을 본떠서 오러의 파동 감지에 극도로 예민하게 설정해 놨기 때문이다.

─시이이이!

뱀이 아가리를 벌린 채 달려드는 찰나, 피에트로도 술식을 발현했다.

파파파파파파파파파팟!

무려 20개나 되는 마법진.

다섯째 상급 사제를 흡수한 뒤에 오러가 비약적으로 상승한 덕에 기존의 13개에서 한계가 대폭 늘었다.

20개나 되는 마법진이 서로 겹쳐진 채, 그 안의 기하학적인 패턴들이 하나로 연결된다.

오차 없이 맞아떨어지는 절묘함!

거대한 오러의 그물이 하늘을 뒤덮은 장관이 연출되었다.

그 어마어마한 광경에 서문엽도 놀랐다.

'저 정도면 성역에서 싸웠을 때 수준의 위압감인데?'

오러 197.

살아생전의 228에 상당히 근접한 수치가 되니, 피에트로는 전혀 다른 사람이 되었다.

촤라라라라라라락!

거대한 그물이 뱀 대가리를 감싸고 휘어잡았다.

―크아아아아!

뱀이 노하여 대가리를 마구 흔들었다.

그물이 상당히 성기게 붙들었다. 이전과 다르게 뱀의 움직임을 꽤 제한시키고 있었다.

'저 정도까지 붙잡을 수 있다면 얘기가 다르지!'

비약적으로 상승한 피에트로의 힘은 이 싸움에 상당히 도움 됐다.

서문엽은 더 기다릴 필요 없이 바로 달려 나갔다. 속도를 증폭시키고 바람처럼 질주했다.

뱀은 피에트로가 어느 때보다도 성가시게 만들어서 서문엽에게 눈길 한 번 안 주고 있었다.

파앗! 팟!

연속으로 공간 이동을 펼쳐 뱀의 송곳니를 잇달아 피했다. 정확한 타이밍에 공간 이동을 쓰는 피에트로. 그가 아슬아슬한 선까지 뱀을 자극한 덕에 서문엽은 어느 때보다도 여유로웠다.

벌써 공격 한 번 안 당하고 코앞까지 도달한 서문엽은 창을 들고 무기 영체화를 시전했다.

획!

공포 영화의 한 장면이 이러할까.

영체화의 기운이 느껴지자마자 뱀의 관심은 100% 서문엽에게 꽂혔다.

서문엽도 놀랐다.

뱀의 주목을 받아서가 아니다.

창을 둘러싼 영체의 힘이 매우 강렬하게 빛나고 있었다.

'뭐지?'

무기 영체화가 이루어지는 과정도 평소보다 훨씬 매끄러웠다.

마찰력이 사라져서 스르륵 미끄러지듯이 오러가 창에 주입

되고, 무기 영체화는 기름에 젖은 종이가 타오르듯이 폭발적으로 형성되었다.

푸욱!

뱀의 몸통에 일격을 찔렀다.

―크아아아아아!

뱀이 비명을 질렀다.

전에 없던 고통의 표현!

내지른 창이 평소보다 훨씬 깊이 파고든 탓이었다.

뱀조차 고통을 느낄 만한 상처를 입히는 데 성공한 것!

쐐애애애애액!

뱀의 꼬리가 거대한 자연재해처럼 날아들었다.

서문엽은 창을 뽑는 동시에 뒤로 몸을 날려 피했다.

피할 때는 순간적으로 무기 영체화를 해제하고, 대신 증폭을 민첩성에 사용했다.

꽈아아아앙!

꼬리가 지면을 때리면서 지진이 벌어지고 흙먼지가 안개처럼 피어올랐다. 민첩성을 118로 증폭시키지 않았으면 일격에 가루가 될 뻔했다.

'이건 통한다!'

서문엽은 없었던 일말의 승산이 생겼음을 느꼈다.

무기 영체화가 평소보다 더 강해진 점.

그 덕에 더 깊이 찌를 수 있게 된 점.

그리고 그 외에도 창은 무언가 또 다른 기능을 더 하고 있는 것 같았다.

뱀의 몸속에 창을 찔러 넣은 순간, 창이 무언가 내부에서 꿈틀거리는 느낌이 들었던 것이다.

뭔지는 몰라도 살아 있는 괴물 창이 뱀의 몸 안에서 무슨 짓을 한 것 같았다.

뱀이 연이어 서문엽을 삼키기 위해 대가리를 들이밀었다.

이번에는 118의 민첩성으로도 피할 타이밍이 잘 나오지 않았다. 뱀이 그만큼 고통을 받고서 서문엽을 먼저 처치하려고 악착같이 덤빈 탓이었다.

그러자 피에트로가 다시 그물을 만들어서 뱀을 붙들었다.

찌이이이익!

20개의 마법진으로 이루어진 그물조차도 뱀의 강대한 힘을 이기지 못하고 찢겨 나갔다.

그러나 서문엽이 피할 시간은 충분히 벌어주었다.

콰드드드득!!

뱀은 한발 늦게 지면을 씹어 먹었다.

엄청난 크기의 크레이터가 패일 정도로 잔뜩 지면을 씹은 뱀은 불꽃처럼 타오르는 눈빛으로 서문엽을 노려보았다.

뱀이 또 서문엽을 노리고 아가리를 벌렸다.

그때, 서문엽은 처음으로 뱀을 상대로 회피 이외의 선택지를 택했다.

초능력 '불사'를 증폭.

영체로 변신한 뒤, 무기를 남겨놓고 영체화를 해제한다.

그런 복잡한 과정이 걸쳐지는 무기 영체화가 삽시간에 펼쳐졌다. 괴물 창이 있으니 무기 영체화 속도가 훨씬 빨랐다.

거기에 시각적 이미지를 뱀에게 보냈다.

자신이 뱀에게 삼켜지는 이미지.

뱀이 속을 수밖에 없는 이미지였다.

그러면서 서문엽은 힘껏 점프했다.

콰아앙!

뱀이 아슬아슬하게 서문엽을 놓쳤다. 시각적 이미지가 통한 것이다.

"뒈져!"

서문엽은 뱀의 미간에 창을 꽂았다.

콰아악!

—키아아아아아아아아아아악!!

뱀이 절규했다.

머리와 꼬리를 마구 흔들며 몸을 뒤틀었다.

산처럼 거대한 몸으로 몸부림을 치니 주변 지형이 뒤바뀔 정도였다.

서문엽은 뱀의 발광 탓에 미처 창을 회수하지 못했고, 피에트로도 이번에는 아슬아슬한 선을 지키지 않고 멀찌감치 공간 이동으로 달아났다.

서문엽은 속도를 증폭시켜서 쏜살같이 달아났지만, 몸부림치는 뱀에 의해 지면이 쪼개지고 흔들려서 몇 번을 넘어졌다. 그래도 간신히 목숨을 부지했다.

나중에 피에트로가 공간 이동으로 나타나, 귀환석을 써서 서문엽과 함께 다시 공간 이동을 펼쳤다.

안전한 곳까지 물러난 두 사람은 고통에 발광하는 뱀을 살폈다.

"쟤 저 정도로 고통을 호소한 적은 처음이지?"

"그렇다. 좋은 부위에 공격을 성공시켰군."

"죽으려나? 미간에 딱 찔렸는데."

"그럴 것 같지는 않군. 타격은 입혔지만 육체보다는 정신적인 대미지가 유효했다."

그랬다.

뱀은 지금껏 미간에 저 정도의 상처를 입어본 경험이 없었을 것이다.

실제 모델인 왕은 만인룡 황제에게 호되게 쓴맛을 봤겠지만, 그것도 상당히 옛날 일이라 오랜만에 고통을 느끼면 크게 놀라 저 정도의 반응을 할지도 모른다.

"근데 창에 무슨 장난을 쳐놓은 거야?"

서문엽이 물었다.

그는 자신의 창이 뱀의 몸속에 꽂혔을 때 무언가 이상한 짓을 했다는 것을 감지했다.

손에 쥐고 있는 창에서 미세한 오러 반응이 일어나는데 눈치 못 챌 리가 없었다.

피에트로가 말했다.

"창은 생명체의 몸에 창날을 꽂아 넣으면 두 가지 행동을 한다. 하나는 오러 흡수, 또 하나는 혼란."

"혼란?"

"그래, 찔린 적에게 혼란을 주어 정신에 타격을 입히는 효능을 발휘한다. 특히나 방금은 뇌에서 가까운 미간에 창을 꽂았지. 창이 지금도 뱀에게 혼란을 부여하고 있는 거다."

그 말에 서문엽은 혀를 내둘렀다.

창에 그 정도의 효과를 넣어놓다니.

이것은 초능력 2개가 더 생긴 것이나 다름없었다.

"이 정도면 진짜 예언의 괴물한테도 통하겠어."

서문엽은 피에트로가 만든 괴물 창이 성공작이라고 인정했다.

"보완해야 할 점은 없나?"

피에트로는 칭찬에 기뻐하는 기색은 없고, 보완점부터 물었다.

서문엽은 아무것도 없는 오른손을 보여주며 말했다.

"몇 자루 더 만들어야겠는데. 하나뿐이라서 지금처럼 창을 뺏기면 속수무책이잖아."

뱀의 미간에 꽂혀 있던 괴물 창은 곧 부러져 버렸다. 뱀의 극심한 몸부림 탓이었다.

괴물 창의 오러 흡수, 혼란 효과도 사라지자 뱀은 서서히 진정을 되찾았다.

무기를 잃은 서문엽은 더 싸울 수 없어 접속을 종료했다.

접속 모듈에서 나온 서문엽은 괴물 창을 아까와 달리 애정 어린 시선으로 바라보았다.

"승산이 생긴 것 같아. 많이 쳐줘서 3% 정도?"

"여전히 비관적이군."

"그래도 아예 0%일 때보다는 한결 낫잖아."

괴물 창이 놀라운 성능을 보여준 점 외에도 피에트로가 더 강해진 게 한몫했다.

두 사람은 공간 이동으로 LA의 호텔에 돌아왔다.

침대에 드러누운 서문엽이 계속 말했다.

"야, 사는 게 왜 괴로운지 알아?"

"좋은 일은 쉽게 잊히고 괴로운 일은 잘 안 잊히니까."

피에트로는 간단히 대꾸했다.

"아냐, 새꺄. 오래 산 놈이 그것도 모르냐?"

"그럼 뭔가?"

"가만히 있으면 죽잖아. 질식하지 않으려면 숨도 쉬어야 하고, 목마르지 않으려면 마셔야 하고, 굶주리지 않으려면 음식도 찾아 먹어야 하고."

서문엽은 씨익 웃으며 말을 이었다.

"네가 쳇바퀴 위를 달린다고 생각해 봐. 뒤에서는 어떤 새 끼가 독 바른 창으로 똥구멍을 찌르려 들어. 안 찔리려면 계속 달려야 해. 결국은 지쳐서 죽겠지. 좆같아, 안 좆같아?"

"……."

"근데 게임이 재미있으려면 원래 좀 불리해야 해. 어려운 맛이 있어야 즐거워."

서문엽은 누운 채로 가만히 손에 쥐고 있던 괴물 창을 바라보았다.

살짝 올라간 승률.

그러나 여전히 난이도가 극악한 게임.

서문엽은 무척 즐거운 표정이었다.

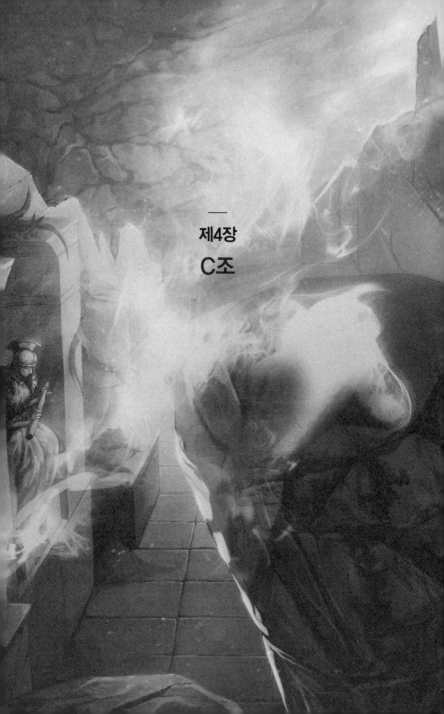

제4장

C조

C조 첫 경기가 펼쳐졌다.

미국 대 네덜란드.

미국 대표 팀은 주축 선수들이 클래식 탱커들이라 전통적인 파워 게임을 버릴 수 없었다.

하지만 대신 기존의 4탱커에서 3탱커로 줄이는 선택을 했다.

이는 모순이었다.

클래식 탱커는 발이 빠르지 못하기 때문에 넓은 범위를 커버하지 못한다. 그래서 탱커가 적어도 4명은 필요했다.

그런데도 3탱커를 채택한 것은, 혼자 2인분 이상을 할 수 있는 탱커가 있다는 자신감 때문이었다.

키가 2.2m에 달하는 거인이 커다란 카이트 실드와 핼버드를 들고 던전을 누볐다.

푸학!

핼버드의 도끼날이 세르펜의 몸통을 거침없이 찍었다.

시이이익!

세르펜이 고통에 몸을 뒤틀었다.

거대한 몸으로 몸부림치니 깔릴 위험이 있었지만, 그는 방패를 들고 버텼다.

자세를 최대한 낮추고, 절대로 쓰러지지 않도록 단단히 몸을 땅에 고정했다.

오러를 일으켜 육체의 근력을 높여주었다.

그 결과, 훨씬 큰 세르펜의 몸부림에 당하고도 밀리지 않고 버티는 놀라운 뚝심을 보여주었다.

그사이 다른 미국 선수들이 잽싸게 달려들어 세르펜을 처치했다.

서문엽처럼 혼자 세르펜을 처치하는 기예는 못 보여줬지만, 신속하게 사냥하는 솜씨는 역시나 일류 팀다웠다.

세르펜의 몸부림조차 받아내는 거구의 탱커는 바로 제럴드 워커였다.

─제럴드 워커! 역시 세계 최고의 탱커다운 탱킹을 보여줌

니다. 세르펜이 다른 선수들을 신경 쓸 여력도 없었어요.

─탱킹뿐만이 아니라 저 커다란 핼버드에서 나오는 위력도 살인적이니까요. 예전에는 수비 위주였다면 지금은 공격 또한 능해진 제럴드 워커 선수의 모습입니다. 이번 월드컵에서 그의 활약상이 기대됩니다.

경기장의 미국 중계진들도 연신 찬사를 보냈다.

세르펜을 처치한 뒤에는 양 팀 모두 평범한 사냥으로 시간을 보냈다.

특별한 장면이 나오지 않으니, 카메라는 슬슬 경기장 내부도 비추고 있었다.

카메라는 VIP석에서 좋은 장면을 건져냈다.

서문엽이 백제호와 함께 경기장에 관람을 하러 온 것이다.

─서문엽 선수와 백제호 감독이군요!

"와아아아!"

대형 스크린에 서문엽의 얼굴이 비치자 관중들이 환호했다.

서문엽.

그리고 옆에 있는 백제호.

인류를 구원한 7영웅의 멤버로서 국적을 떠나 인기 있는 두 사람이었다. 특히나 영웅을 좋아하는 미국에서는 더더욱 말이다.

이어서 사람들이 박수까지 치며 존중을 표하니, 서문엽과 백제호도 손을 흔들며 화답해야 했다.

　

―한국도 내일 두 경기가 있는데 오늘 경기를 관람하러 왔습니다.

―한국 입장에서는 내일 남아공과의 경기도 중요하지만, 아무래도 오늘 경기를 펼치는 두 팀이 더 신경 쓰이겠지요.

　

한때 같은 조에 끼어 있으면 1승은 공짜라고 좋아했던 약체 한국. 그 시절이었다면 경기장에서 관람하는 장면이 포착돼도 아무도 신경 안 썼을 터였다.

이제는 미국조차도 신경 쓰일 수밖에 없는 강팀이 되었다.

서문엽의 등장으로 달라진 위상이었다.

여전히 한국은 몇몇 선수만 제외하면 약체였다. 본래 같았으면 모든 선수가 대형 스타인 미국이 두려워할 상대가 아니어야 했다.

그러나 최근 보여준 서문엽의 활약상이 너무 경이로웠다.

불가사의할 정도의 플레이를 보여준 탓에 미국에서도 승패를 장담할 수 없다는 분위기가 된 것이다.

물론 한국에 서문엽이 있듯, 미국도 철석같이 믿고 있는 선수는 있었다.

"이야, 쟤 실력 엄청 늘었네."

서문엽은 맹활약을 펼치는 제럴드 워커를 보며 감탄했다.

백제호의 얼굴에 수심이 깊어졌다.

"너 때문이잖아."

"내가 1,000만 달러짜리 가르침을 내려주긴 했지."

서문엽은 실실 웃었다.

몇 년 전, 백제호의 저택까지 찾아온 제럴드 워커와 겨룬 적이 있었다.

하지만 그때는 겨룬다는 말도 무색했다.

엄청난 재능을 갖고도 그걸 제대로 활용 못 하는 제럴드 워커의 둔함에 측은함을 느끼고 가르침을 내려줬다고 봐야 했다.

'그땐 거대한 철벽같은 방패를 썼었는데 말이야.'

지금은 역시나 크긴 하지만 제럴드 워커의 체구를 감안하면 적당한 카이트 실드를 쓰고 있었다.

예전의 초대형 방패는 적의 공격을 막으면서도 틈틈이 주위를 살피기 위해 제럴드 워커가 고안한 고육지책이었다. 초대형 방패를 쓰면 방어에 용이하기 때문에 싸우는 중에도 주위를 살필 여유를 벌 수 있다는 얄팍한 생각이었다.

하지만 그 초대형 방패가 도리어 제럴드 워커의 시야도 가려 버리는 단점이 있었고, 방패 컨트롤이 단조로워서 공격·수

비 패턴도 단순해지는 부작용도 있었다.

서문엽의 가르침을 받고 나서야 뭔가를 깨달은 제럴드 워커
는 이제 성장을 가로막던 장애에서 벗어나 쭉쭉 기량을 상승
시켰다.

그리하여 현재…….

—대상: 제럴드 워커(인간)

—근력 100/100

—민첩성 95/96

—속도 62/62

—지구력 100/100

—정신력 93/97

—기술 90/93

—오러 88/88

—리더십 60/83

—전술 46/48

—초능력: 육체 강화, 불굴

근력·지구력은 여전히 100·100으로 깔끔한 세 자릿수였
다.

58밖에 안 되던 속도는 62로 조금 올랐으나 이미 한계.

그야말로 전형적인 클래식 탱커의 정점이라고 봐야 했다.

그런데 경이로운 것은 민첩성이었다.

예전에 서문엽과 처음 봤을 때는 81이었는데, 이제는 무려 95였다.

엄청난 덩치에 육중한 갑옷으로 무장했고 발까지 느리니 둔하다는 편견이 들 법도 한데, 실제로는 세계 최고의 서포터 다니엘 만츠(95/95)만큼이나 민첩하다는 뜻이었다.

정신적으로도 매우 성숙했다.

93이면 멘탈이 강철처럼 단단하다는 뜻이었다.

기술도 82에서 90으로 8 상승.

저런 압도적인 신체 조건을 가졌으면서도 힘만 믿고 날뛰지 않고, 오히려 민첩하고 테크닉이 뛰어난 선수.

그걸 두고 월드 클래스라고 한다.

'전술이 40대였구나. 옛날엔 더 낮았을 테니 시야가 좁을 수밖에 없었네.'

그래도 40대 후반이면 문제가 있는 수준까지는 아니고 그냥 살짝 아쉬운 평균 정도였다.

저 정도 약점은 있어야 인간적이었다.

아무튼 발이 느리다는 약점은 뚜렷했다.

62에 무거운 무장 탓에 더 이동속도가 느리니 말이다.

하지만 그 외에는 장점밖에 없었다.

"그냥 힘만 센 게 아니야."

제럴드 워커의 플레이를 보면서 백제호가 말했다.

"방패도 세련되게 잘 활용하는 것 같고, 이제는 엽이 너라도 얕봐서는 안 되겠다."

"힘세고 오래가고 테크닉도 좋은데, 이제 날렵하기까지 하네."

서문엽의 평가에 백제호가 갸웃거렸다.

"날렵해?"

"잘 지켜봐 봐. 발은 느려도 반응은 빠르잖아. 움직이기는 남보다 반박자씩 더 먼저 움직여."

마침 경기가 격렬해지면서 제럴드 워커가 싸우는 장면이 많이 보였다.

제럴드 워커의 활약상을 지켜보던 백제호의 표정이 굳었다.

"정말이네."

"저러면 발이 느려도 앞서 움직이는 걸로 커버하니까 디펜스 범위가 굉장히 넓어지는 거야."

제럴드 워커는 좌충우돌하고 있었다.

이동을 하지는 않지만 제자리에서 몇 걸음씩 움직여도 핼버드의 길이까지 더해져서 넓은 범위에 영향력을 행사하고 있었다.

이따금 제럴드 워커의 스피드를 얕본 네덜란드 선수들이 번개처럼 반응하고 휘두른 핼버드에 킬을 내줬다.

—제럴드 워커, 1킬.

—제럴드 워커, 2킬.

단숨에 주변의 적을 소탕한 제럴드 워커는 초능력을 사용하여서 본격적으로 활약했다.

—육체 강화: 근력, 민첩성, 속도, 지구력을 30초간 20% 강화한다.

무려 네 가지 능력치를 일시적으로 올려주는 '육체 강화'.

여기서 중요한 것은 민첩성과 속도 20% 상승이었다.

30초간 민첩성은 114가 되고, 속도는 74.4가 된다.

이 정도면 일시적으로나마 발이 느린 클래식 탱커라는 한계가 탈피되는 것이다.

근력과 지구력은 120이 되니, 30초간 괴물 그 자체가 된다는 뜻!

아니나 다를까.

'육체 강화'가 30초간 제럴드 워커의 주변 적을 쓸어버렸다.

결국 미국은 네덜란드를 2—0으로 압살해 버렸다.

1세트 9—0.

2세트 8—0.

치열한 경기가 될 거라는 전망을 뒤엎고, 미국은 우승 후보답게 완승을 거두었다.

경기장을 채운 미국 팬들은 환호성을 질렀지만, 백제호는 미국의 경기력에 경악을 해 안색이 창백해졌다.

"이를 어쩌지? 네가 괴물을 만들어 버렸어."

"원래 저만한 재능이 있던 놈인 걸 어떡해?"

서문엽은 별로 책임감을 느끼지 않았다.

백제호가 걱정했다.

"미국은 파워 게임을 하니 당연히 한 타 싸움 중심이고, 우리도 한 타 싸움에 주안점을 뒀잖아. 한자리에서 맞붙어서 이길 수 있겠어? 제럴드 워커는 네가 반드시 처치해 줘야 하는데."

'육체 강화'가 지속되는 시간은 30초.

그 30초간 제럴드 워커는 괴물이 된다.

근력 120, 지구력 120, 민첩성 114, 속도 74……

정신력과 기술도 93·90이니 허점이 없다.

전투에서 30초면 충분히 활약할 수 있는 시간이었다.

일단 수치만 따지면 지금의 서문엽도 방심할 수 없는 수준이었다.

민첩성 114만 해도 서문엽의 108보다 더 높으니 말이다.

물론 서문엽은 100을 찍은 속도가 있다.

하지만 그 빠른 속도로 피해 다니면, 제럴드 워커는 서문엽을 쫓기보다는 주변의 다른 한국 선수를 핼버드로 찍어 죽일 터였다.

30초간 괴물이 된 제럴드 워커와 정면 대결을 할 수밖에 없다는 뜻이었다.

하지만 서문엽은 그다지 걱정되지 않았다.

'괴물 뱀과 싸워야 하는데 제럴드 워커가 대수냐?'

          *   *   *

네덜란드가 아무것도 못 해보고 완패당하자 세계는, 특히 유럽 국가들은 미국의 경기력에 깜짝 놀랐다.

유럽은 트렌드에서 뒤처진 미국 메이저 리그를 자본만 많을 뿐 실질적인 실력은 뒤떨어졌다고 은연중에 무시해 왔다. 최근 6년간 월드 챔피언스 리그 우승을 유럽의 클럽이 차지했으니 당연했다.

그런데 이번 월드컵에서 미국은 트렌드에 따른 기동성 위주의 전술을 펼친 네덜란드를 무참히 쳐부쉈다.

특히 제럴드 워커의 괴기스러운 활약상은 세계를 경악시키기에 충분했다.

(제럴드 워커 맹활약 '올해의 선수상 정조준')
(절정의 기량 오른 제럴드 워커, 미국의 월드컵 우승 이끄나)
(제럴드 워커 '서문엽과 대결 기대돼')

같은 C조에 속한 한국은 미국전이 걱정될 수밖에 없었다.

그리고 다음 날.

마침내 한국도 LA 월드컵 첫 경기를 치르게 되었다.

상대는 남아프리카 공화국.

남아공 대표 팀은 유럽과 비슷하게 날렵하고 빠른 선수들로 구성된 팀이었다. 실제로 대표 팀 선수들 상당수가 유럽 빅 리거였다.

선수들이 하나같이 빠르고 테크닉도 화려해서 조직력은 약하지만 개개인의 기량은 뛰어난 것으로 정평이 나 있었다.

"즉, 한 타 싸움보다는 수시로 기습을 걸어올 확률이 지극히 높다는 뜻이다."

경기 직전.

라이너 하임 전술 코치가 선수들에게 마지막으로 설명했다.

"그러니 항상 견제가 올 것에 철저히 대비해라. 특히 남아공 선수들은 개개인이 공격성이 높고 과감하니 신경 쓰도록."

"예!"

백제호도 마지막으로 선수들에게 격려를 했다.

"첫 경기다. 미국도 상대해야 하는데, 남아공 정도는 가볍게 이겨줘야지? 너희만 믿는다."

"예!"

선수들이 경기장으로 입장했다.

그동안 월드컵에서 좋은 경기를 펼쳐본 적이 없었기 때문에, 한국 선수들은 잔뜩 긴장한 상태였다.

하지만 함께 입장하는 남아공 선수들도 표정에 여유는 없었다.

그들은 그들 나름대로 서문엽과 피에트로를 흘깃흘깃 쳐다보면서 의식하고 있었다.

                    *   *   *

'참 탐나는 놈들이 많아.'

서문엽은 분석안으로 남아공 선수들을 훑어보며 품평했다.

다들 대부분의 능력이 80대에 머물러 있고, 70 밑으로 떨어진 능력치가 별로 없었다.

민첩성이나 기술 부분은 90이 넘는 경우가 많으니, 스타일이 뚜렷한 팀이었다.

유럽에서 아프리카 출신 선수들이 많이 활약하는 이유가 있었다.

"삼촌!"

"응?"

뒤에서 백하연이 핀잔했다.

"뭘 그렇게 흐뭇한 표정으로 쟤네들을 보고 있어?"

"티 나니?"

"응. 잘 큰 젖소들 보는 목장 주인 같아."

"너도 쟤들 좀 봐봐라. 하나같이 탐나지 않니? 나도 저런 애들 데리고 경기 해보고 싶다."

"YSM도 좋은 선수 많잖아."

"다 외국인이라서 대표 팀엔 없잖아."

"흥, 대표 팀엔 내가 있는데. 나로는 부족해?"

"어휴, 우리 하연이가 있으면 든든하지. 머리는 돌이지만."

"혼날래!"

화를 내는 백하연과 투덕거리다가 양 팀 선수 간의 인사가 끝났다.

각자의 더그아웃으로 돌아갔고, 설치된 접속 모듈로 들어갔다.

그렇게 경기가 시작되었다.

1세트 던전은 만인릉이었다.

"여기도 이제 정겹네."

만인릉은 피에트로와 둘이서 실컷 누볐었다.

만인릉 황제와 싸우느라 이곳에서 신나게 죽었다.

이 경기용 던전에 있는 가짜 황제가 아니라, 사령을 불러온 진짜 황제 말이다.

결국은 무기 영체화를 터득하고서 승리했기 때문에 좋은 추억이라 할 수 있었다.

'하는 짓거린 시발 놈이긴 한데, 덕분에 예언의 괴물과 싸울 최소한의 수단은 마련했지.'

무기 영체화도 없었으면 거대 뱀과의 싸움은 아예 성립 자체가 안 되었으리라.

아무튼 이 경기용 던전에 있는 가짜 만인릉 황제도 선수들에게는 꽤나 악명 높은 최종 보스 몹이었다.

만인릉 황제가 펼치는 검술은 그대로 구현되었고, 무기 영체화 같은 건 못하지만 대신 어마어마한 오러양을 가져서 11명이서 덤벼도 몰살당하기 일쑤였다.

그래서 어지간한 강팀이 아니면 만인릉 황제를 사냥하는 일은 피했다.

그런데 바로 그 점에 있어서 한국 대표 팀이 계획한 작전이 있었다.

한국 대표 팀은 두 가지 콘셉트를 지키고 있는데, 하나는 '잘 큰 서문엽', 둘은 '한 타 싸움'이다.

이번 작전은 서문엽이 단시간에 대량의 사냥 포인트를 듬뿍 먹을 수 있는 비책이었다.

"시작한다."

던전에 접속하자마자 서문엽이 말했다.

"옛!"

선수들이 고개를 끄덕였다.

"조승호는 나를 따라오고, 나머지는 반대 방향에서 사냥을 시작해."

조승호는 서문엽을 따라 만인릉의 중심부를 향해 은밀히 움직였다.

조승호의 역할은 정찰.

앞서서 몰래 이동하고는, '투명화' 상태에서 주변 상황을 살펴 '시야 전달'로 서문엽에게 알린다.

나머지 9명의 선수들은 반대편 방향에서 사냥을 했다.

최대한 요란스럽게 사냥을 해서 만인릉에 있는 언데드 괴물들의 시선을 끄는 행동을 했다.

모든 목적은 서문엽이 조용히 궁전에 진입하도록 돕는 것이었다.

*   *   *

─한국의 서포터 조승호 선수가 망을 보고 서문엽 선수가 뒤따르고 있습니다. 두 사람은 대체 어디를 저리 비밀리에 이동하고 있는 걸까요?

─방향만 보면 궁전입니다. 어딘가 좋은 사냥 장소가 있는 모양이지요. 다소 먼 곳에 있는 사냥 장소에 시작부터 미리 가서 자리 잡는 플레이도 종종 있는 일입니다.

중계를 들으면서 한국 측 더그아웃에 앉아 있던 백제호는 웃음을 지었다.

"좋은 사냥 장소이긴 하지."

"이제 곧 세상이 깜짝 놀랄 겁니다."

라이너 하임 코치가 거들었다.

남아공전에 대비하여 모의 훈련을 할 때, 서문엽이 보여준 플레이에 얼마나 놀랐던가.

그런 게 가능할 줄은 전혀 몰랐다.

배틀필드 강국 독일, 그것도 최강 팀 베를린 블리츠 BC 출신인 라이너 하임 코치조차도 난생처음 본 퍼포먼스였다.

'서문엽은 이미 그 정도로 강한데 아직도 치열하게 훈련을 하고 있지. 정말 대단한 향상심이다.'

그가 코치로서 직접 본 서문엽은 이미 세계 최고의 선수였다.

나단 베르나흐, 로이 마이어, 다니엘 만츠 등의 톱3도 서문엽의 적수가 되지 못할 게 분명했다.

서문엽은 분명 민첩하고 절정의 창술을 구사하는 테크니컬한 선수였지만 힘과 기동력에서 약점도 있었다.

그런데 어느 순간부터 그 약점이 사라져 버렸다.

아니, 기동력은 이제 세계 최속을 자랑하는 이나연과도 비슷한 수준이었다.

본래부터 장점이었던 부분은 더 강력해졌다.

이제 괴물 그 자체였다.

올해의 선수상이든 뭐든 가시적인 성취는 시간문제이리라.

'이미 인류를 구한 영웅이라는 빛나는 영광을 가진 사람이 저렇게까지 치열하게 스스로를 채찍질할 수 있다니, 대단한 일이다.'

라이너 하임 코치는 서문엽에게 경외심을 품고 있었다.

이번 월드컵은 물론이고, 향후 자신이 한국 대표 팀의 사령탑이 되었을 때도 선봉장이 되어줄 귀중한 에이스라고 생각하니 마음이 든든한 것이었다.

시간이 경과되자, 비로소 경기장이 술렁거렸다.

서문엽이 어디로 향하고 있는지, 목적이 무엇인지 서서히 밝혀지고 있었기 때문이다.

―서문엽 선수가 궁전으로 향합니다!

―좋은 사냥 장소로 미리 이동하려는 의도로 보여지기는 했지만, 설마 그 사냥 장소가 궁전이었던 걸까요?!

―대체 궁전 어디에서 사냥을 할 생각인 건지 모르겠습니다만, 여태껏 만인릉에서 펼쳐졌던 경기들 중 가장 색다른 양상이 나타날 것 같습니다.

서문엽은 담을 넘고 궁전 안에 잠입했다.

궁전 외벽을 기어오르며 점점 위로 향하는 서문엽.

궁전의 최상층은 만인릉 황제가 기거하는 장소였다.

─황제입니다! 서문엽 선수가 만인릉 황제를 사냥하러 가고 있는 겁니다!

─맙소사! 목적이 만인릉 황제 암살이었나요? 혼자서요?!

중계진이 흥분해서 소리쳤다.

관중들도 흥분해서 서문엽의 이름을 연호했다.

저 무모한 작전이 과연 서문엽의 손에서 어떻게 연출될지 모두의 이목이 집중되었다.

서문엽은 마침내 만인릉 황제의 처소에 창문을 통해 들어갔다.

만인릉 황제는 대검 두 자루를 손에 들고는 서문엽을 맞이하였다.

가짜였기 때문에 말은 없었다. 그저 경기용 던전의 최종 보스 몹일 뿐이었다.

창으로 황제의 목을 향해 겨눈 서문엽이 방패도 가슴 높이로 들고 자세를 잡았다.

만인릉 황제가 거침없이 덤비면서, 두 사람의 일대일 대결이 시작되었다.

─시작되었습니다! 서문엽 대 황제! 웬만한 강팀이 아니면 사냥하겠다고 덤비는 게 오히려 손해일 정도로 막강한 최종

보스! 서문엽이 혼자서 도전장을 내밀었습니다!

"와아아아아!!"

기대했던 일대일 대결이 성사되자 관중들이 뜨겁게 함성을 질렀다.

말도 안 되는 대결이다.

하지만 서문엽은 가능하다고 생각했기 때문에 싸움을 벌였을 터였다.

설마 사전 훈련을 통해 검증해 보지도 않고 월드컵 경기에서 저런 시도를 할 리는 없으니까.

콰콰쾅!

오러를 듬뿍 머금은 대검이 바닥을 후려갈겼다.

몸을 날려 피한 서문엽은 이어서 날아드는 두 번째 대검도 바닥을 굴러 피했다.

콰앙!

구르면서도 창으로 황제의 왼발을 찌르는 테크닉은 덤.

캉!

황제는 처음 휘둘렀던 대검으로 창을 가로막았다.

다시 일어난 서문엽이 황제의 주위를 돌며 맹수처럼 기회를 살핀다.

황제가 다시 움직였다.

그런데 황제가 움직인 순간, 서문엽도 같이 움직였다. 황제가 달려드는 걸 보자마자 반대 방향으로 우회했기 때문에 서로의 위치가 뒤바뀌었다.

─서문엽 선수 집중력이 대단합니다. 황제가 달려드는 걸 보고 뒤따라 움직였는데, 거의 동시에 움직인 것처럼 보일 정도로 반응 속도가 빨랐어요!

─눈으로 보고 움직였다기보다는 눈치로 알아차리고 같이 움직인 거죠. 서문엽 선수가 황제에 대해 속속히 다 파악하고 있다는 뜻입니다.

─그러고 보니 두 사람 사이에 재미있는 인연이 있습니다. 실제 만인릉 황제를 처치한 사람이 바로 서문엽 아닙니까?

─그렇습니다. 이번 '황제 암살 작전'은 서문엽이 황제를 혼자 이길 수 있다는 믿음을 전제로 한국 팀이 시도한 겁니다. 경기 전에 훈련을 통해 검증이 된 것이 맞다면, 충분히 이길 수 있다는 뜻입니다!

가볍게 공방을 주고받으며 시작된 싸움은 점점 격렬해졌다.

황제가 공격하면 서문엽이 피하면서 반격하는 구도였다.

강력한 오러를 가진 황제의 공격에 정면으로 부딪치는 것을 철저히 피하면서도, 서문엽은 황제의 검술에서 드러나는 자그마한 빈틈을 철저하게 노렸다.

황제의 검술은 기본적으로 허점이 없지만, 공격을 시도할 때는 누구나 빈틈이 나타나는 법이었다.

또한 서문엽은 황제가 어떤 동작으로 어딜 공격할지 다 읽을 수 있었기 때문에, 그 순간의 작은 빈틈을 잘 노릴 수 있었다.

퍽!

시간차를 두고 연이어 휘두르는 대검을 모조리 피하면서, 서문엽은 창을 어깨에 걸치고 뒤로 찔러 황제의 왼쪽 어깨를 맞혔다.

찔린 어깨의 상처는 이내 오러가 피어오르면서 순식간에 재생됐다.

하지만 서문엽은 꾸준히 황제에게 계속 상처를 입혀 나갔다.

진짜 황제였다면 그런 서문엽의 노림수에 대하여 임기응변으로 카운터를 펼쳤겠지만, 저것은 그런 인공지능이 없는 몹에 불과했다.

그런 것치고는 훌륭하게 황제의 검술 스타일을 원형대로 잘 살렸지만, 분명 한계가 있었다.

진짜 황제와도 신나게 싸워봤던 서문엽으로서는 사냥 포인트 왕창 주는 먹잇감이었다.

두 사람이 계속 맞붙는다.

서문엽은 경이로운 민첩성으로 계속 황제를 교란시키며 반격으로 공격을 성공시켜 나갔다.

스쳐도 골로 가는 공격에 한 번도 맞아주지 않는 경이로운 결투였다.

"와아아아아!!"

"서문엽! 서문엽!"

관중들이 서문엽을 응원했다.

만인릉 황제를 혼자서 사냥하는 선수는 서문엽이 처음이었다. 생각지도 못했던 빅 매치를 보는 기분이었다.

오러를 상처 재생에 계속 소진하면서 황제의 공격력이 서서히 감소되었다.

그때부터 서문엽이 본격적으로 공격에 들어갔다.

휘릭!

대검을 피해 빙글 회전한 서문엽은 겨드랑이 사이로 창을 찔러 다리를 노렸다.

황제가 다리를 뒤로 빼는 순간.

뻐억!

방패로 머리를 후려쳤다. 머리도 뒤로 젖히는 바람에 빗나갔지만 대신 어깨를 타격할 수 있었다.

진짜 공격은 방패였던 것이다.

눈을 번뜩인 서문엽은 증폭으로 민첩성을 118로 만든 뒤, 창으로 미친 듯이 연속 찌르기를 퍼부었다.

파파파파파파파파팟!

황제가 정신없이 방어했지만, 두 대검 사이로 창이 파고들며 상처를 연달아 입혔다.

황급히 황제가 뒤로 물러난 순간이었다.

쉭!

서문엽이 창을 집어 던졌다.

손끝으로 창을 긁어 회전력을 실은 투창.

급히 두 대검을 교차해 방어를 취한 황제는 흠칫했다.

창이 굉장히 느린 속도로 날아왔기 때문이다.

속도는 느리게 설정한 '던지기'였다.

이를테면 체인지업으로 타이밍을 뺏은 셈이었다.

타이밍을 뺏은 지금이 기회였다.

서문엽은 새 창을 꺼내 돌격했다.

휘어지며 뚝 떨어지는 투창과 함께 서문엽의 찌르기도 함께 펼쳐졌다.

푸욱!

황제의 심장이 꿰뚫렸다.

크아아아!

황제가 비통한 괴성을 질렀다.

상처에서 오러가 줄줄이 흘러나오고 있었다.

또 다른 창을 꺼내서 계속 찔렀다.

몇 번을 찔렀을까.

―만인릉의 최종 보스, 만인릉 황제가 처치되었습니다.

던전의 최종 보스 몹이 사냥되었다는 안내 메시지가 울려 퍼졌다.

"와아아아아아!"

경기장이 떠나갈 듯한 함성이 울려 퍼졌다.

사냥 포인트 0 상태에서 황제와 일대일 대결에 승리한 서문엽.

푸른빛—보랏빛—붉은빛—검은빛—흰빛의 다섯 단계 중 벌써 4단계인 검은색 휘광에 둘러싸였다.

—서문엽 선수가 말도 안 되는 싸움에서 승리했습니다!

—벌써 4단계에 도달했습니다! 어느 누가 경기 시작하자마자 황제를 사냥할 수 있겠습니까! 하지만 그게 가능하다면 그 선수야말로 만인릉의 황제라고 불러야겠죠!

—서문엽 선수가 벌써 저렇게 성장했습니다. 황제가 처치됐다는 메시지가 남아공 선수들에게도 알려졌을 텐데요, 그들에겐 최악의 소식입니다!

*　　　　*　　　　*

—만인릉의 최종 보스 만인릉 황제가 처치되었습니다.

경기 초반.

갑작스러운 안내 메시지에 남아공 선수들은 당황해서 서로를 바라보았다.

"이거 무슨 소리야?"

"오류 났나?"

"황제가 벌써 죽을 리가 없잖아?"

그들은 메시지가 사실이라고 믿을 수가 없었다.

아직 경기 초반이었다.

심지어 상대는 11명이 다 덤벼도 까다로운 만인릉 황제였다.

집단으로 사냥해도 1, 2명의 희생은 각오해야 해서 최근에는 잡으려고 하지도 않는 악명 높은 최종 보스였다.

벌써 잡힐 리가 없었던 것이다.

―안내 오류라면 곧 정정 메시지가 뜰 거야. 당황하지 말고 각자 사냥에 전념하고 있어.

곧 메인 오더의 지시가 내려졌다.

선수들은 그제야 동요에서 벗어나 하던 대로 사냥에 열중했다.

언데드 괴물들과 싸운 지 몇 분이 지났다.

오류 정정 메시지는 없었다.

메인 오더가 다시금 입을 열었다.

―아무래도 오류가 아닌 것 같다. 무슨 수를 썼는지 몰라도

한국이 황제를 잡았어.

선수들은 침음했다.

혹시나 정말 황제를 잡은 거면 어쩌지, 하는 불안이 현실이 된 것이다.

―몇 명이서 잡았는지는 모르겠지만, 대규모 움직임은 감지되지 않았으니 소수 인원으로 사냥한 것은 분명하다. 그리고 그중에 서문엽은 분명 포함되어 있겠지.

메인 오더의 말이 계속되었다.

―황제가 죽고 궁전을 지키던 언데드들이 비상이 걸렸으니, 서문엽은 아직 궁전에서 벗어나지 못했을 거다. 그러니 우리는 곧바로 서문엽을 노리자.

선수들은 고개를 끄덕였다.

그들의 당초 전략적 방침은 암습.

서문엽이나 피에트로 둘 중 한 사람을 암습해서 처치하는 것이 목표였다.

서문엽이 활개를 치면 경기가 점점 어려워지니 처치해야 하고, 피에트로가 있으면 결정적인 전투에서 질 위험이 컸다.

적어도 둘 중 하나는 처치해야 승산이 있다는 계산이었다.

남아공 선수들은 모두 개개인이 빠르고 기술적이기 때문에 게릴라 전술이 효과적이었다.

남아공 선수들이 움직였다.

4인은 따로 한국 측 본대에 견제 플레이를 펼쳐서 성동격서를 하고, 나머지 7인이 궁전에서 서문엽을 처치하기로 했다.

*　　　*　　　*

궁전 내부는 서문엽을 위한 사냥터로 변모되었다.

황제가 처치당하자 이 사실을 안 언데드 괴물들이 서문엽이 있는 황제의 처소로 몰려오기 시작했다.

서문엽은 처소에 이르는 나선형 계단에서 언데드 무리를 맞이했다.

척, 척, 척, 척.

궁전을 지키는 스켈레톤 근위대가 일렬로 계단을 올랐다.

은빛 갑옷에 5m나 되는 길이의 장창, 그리고 붉은 망토까지 두른 만인릉의 정예 군단이었다.

서문엽을 향해 일제히 장창을 세우고 다가오는 근위병들의 모습은 장엄하기까지 했다.

집단전에 능하고, 함께 있으면 저 5m 길이의 장창으로 고슴도치처럼 빈틈없이 창날을 세우기 때문에 접근하기도 까다롭다.

서문엽의 창은 1.8m.

창 길이에서부터 불리한 구도였다. 서문엽뿐만 아니라 스켈레톤 근위대보다 린치가 긴 무기를 쓰는 선수들이 많지 않다.

장창들이 빈틈없이 세워져 있어 파고들 틈도 보이지 않았다.

투창으로 사냥해도 되지만, 스켈레톤 근위병의 숫자가 많아서 일일이 던지기를 펼치면 오러가 소진되고 만다.

그러나 서문엽은 대수롭지 않게 생각했다.

지금처럼 강해지기 이전에도 스켈레톤 근위대 따위를 상대로 어렵게 느껴본 적이 없었다.

서문엽은 창을 휘둘렀다.

챙!

선두에 선 스켈레톤 근위병의 장창을 옆으로 쳐내 빈틈을 만들었다.

금세 다른 창들이 빈틈을 메우지만, 서문엽은 압도적인 민첩성으로 빈틈이 사라지기 전에 재빨리 파고들었다. 장창은 가까운 거리에서는 무용지물이기 때문이다.

다른 스켈레톤 근위병이 장창으로 찔러왔지만, 계속 창을 휘둘러 쳐냈다.

그러고는 가까이 있는 놈을 방패로 후려 팼다.

뻐어억!

스켈레톤 근위병은 팔을 들어 막았지만 그 팔이 부서졌다.

뻐억!

한 번 더 쳐서 두개골을 박살 냈다.

장창들이 계속 찔러왔지만, 서문엽의 창이 쉬지 않고 움직여 모조리 쳐냈다.

서문엽이 믿는 것은 압도적인 민첩성과 정교한 창술.

아무리 스켈레톤 근위대가 장창으로 합공을 해도 모든 공격을 방어할 수 있다는 자신감이었다.

삐어억! 쿠앙!

창술로 방어하며 계속 가까이 붙어 방패로 팬다.

하나, 둘……

스켈레톤 근위병이 잇달아 죽어나갔다.

두려움을 모르는 스켈레톤 근위대는 꾸역꾸역 밀고 들어왔는데, 서문엽에게는 그게 다 사냥 포인트로만 보였다.

'좋았어, 여기서 흰색까지 찍는다.'

최종 5단계인 흰색 광채에 둘러싸이면 그때부터는 천하무적이었다.

이미 4단계 검은색이니 얼마 남지 않았다.

'근데 상대 팀이 가만히 있을 리가 없는데?'

초반에 대뜸 최종 보스 몹을 잡는 이득을 거뒀는데, 상대 팀이 아무것도 안 하고 가만히 있을 리가 없었다.

초반 상황에서 한번 격차가 생기면, 그 격차가 또 다른 격차를 만들면서 스노우 볼이 굴러가기 때문이다.

"조승호? 너 계속 거기 있냐?"

조승호는 대답 대신 '시야 전달'을 펼쳐왔다.

궁전 인근이었다. 무장한 스켈레톤 군대들이 득시글거렸다. 그 거리에서 조승호는 홀로 외로이 웅크리고 있었다. '투명화'를 유지하려면 말도 해서는 안 되기 때문에 시야 전달로 대신 대답한 것이다.

"좋아, 거기서 계속 궁전 근처를 살펴봐. 남아공 애들이 이곳을 칠 수도 있거든. 만약 발견하면 또 시야 전달로 나한테 알려."

대답은 없었지만 충분히 알아들었으리라.

서문엽은 이어서 백하연 측에도 경고를 했다.

"하연아, 그쪽을 습격할 수도 있으니 잘 대비해."

─알았어!

서문엽의 생각에 남아공은 장기전을 즐기는 팀이 아니었다.

선수 개개인은 뛰어나지만, 선수들의 피지컬이나 초능력을 보면 서로 시너지를 일으키는 조합이 안 보인다. 한마디로 조합을 생각 안 하고 그냥 실력 좋은 순서대로 막 뽑은 것이다.

'저런 선수 구성으로 한 타 싸움을 노릴 리는 없고, 결국 기습이나 지속적인 견제 플레이로 승부를 보는 팀인데, 지금쯤 가만히 있을 리가 없지.'

서문엽은 지금쯤 남아공 선수들 다수가 이곳 궁전에 몰려오고 있다고 확신했다.

궁전에 잠입해 황제를 처치했어도, 비상이 걸린 궁전에서 빠져나가는 데는 시간이 걸리기 때문이다.

'내가 아직 궁전에 있다는 걸 알 테니 이곳에 올 확률이 높지.'

서문엽은 스켈레톤 근위대를 사냥하며 남아공 선수들이 오기를 기다렸다.

벌써 4단계까지 사냥 포인트를 모았기 때문에 자신이 있었다.

게다가 스켈레톤 근위대를 때려 부술수록 사냥 포인트가 차곡차곡 쌓여서 서서히 검은 광채에 흰빛이 나오려 하고 있었다.

그때였다.

—적습!

백하연이 소리쳤다.

"몇 명인데?"

서문엽은 의아해져서 물었다. 이쪽으로 올 줄 알았는데, 9명이나 있는 본대를 치다니 의외였다.

—4명!

"아하, 그럼 성동격서니까 적당히 쫓아내."

나머지 7명은 이곳에 오리라.

서문엽은 남아공 측의 움직임을 훤히 꿰뚫어 보았다.

아니나 다를까.

조승호가 '시야 전달'로 이미지를 보내왔다.

남아공 선수 3명이 궁전에 은밀히 잠입을 시도하는 모습이었다.

조용히 잠입해야 하는데 한곳에 7명이 우르르 몰려갈 리는 없으니, 다른 방면에도 4명이 있으리라 추측할 수 있었다.

'일단 근위대부터 정리하자.'

스켈레톤 근위대와 싸우는 중에 습격을 받으면 위험해질 수가 있으니 일단 이곳부터 빨리 처리하기로 했다.

서문엽은 창을 연달아 던지기 시작했다.

스켈레톤 근위대를 노리고 던진 게 아니었다.

콰악! 콱! 콰아악!

창 세 자루가 나선형 계단의 벽에 꽂혔다.

서문엽은 훌쩍 도약해 꽂아놓은 창 위에 올라섰다.

두 발로 창에 거꾸로 매달린 채, 아래에 있는 스켈레톤 근위병들에게 창을 찔렀다.

파파파팟!

순식간에 근위병 4마리의 두개골에 구멍을 뚫었다. 구멍이 뚫릴 때마다 파사삭 무너져 버렸다.

십여 자루의 장창이 한꺼번에 밀려오자, 서문엽은 다시 창에 올라선 뒤 도약하여 다른 창 위에 매달렸다.

벽에 꽂은 창 세 자루를 디딤대 삼아 옮겨 다니며 격렬하게 창술을 펼치는 서문엽.

지금까지는 오러를 아끼기 위해 차근차근 잡고 있었는데, 남아공 선수들이 오기 전에 정리하기 위하여 본격적으로 속도를 냈다.

장창의 파도 사이에서 빈틈을 발견한 서문엽은 거침없이 뛰어들었다.

근위병들의 틈바구니에 착지한 서문엽은 방패로 원을 그리며 휘둘렀다.

파가가가가각!

주위에 있던 3마리가 한꺼번에 쓰러졌다.

계속해서 장창을 사용할 거리를 주지 않고 가까이 붙어서 방패로 때려잡았다.

빠각! 뻑! 뻐어억!

주변이 부서진 뼛조각들로 엉망이 되었다.

공중제비를 돌며 오른발을 벽에 꽂힌 창에 걸고 매달렸다. 위에 올라서서 다시 점프!

다른 창 위에 나타나 다시 주변의 스켈레톤 근위병들을 죽였다.

여기저기 날아다니듯이 창과 방패를 휘두른 서문엽은 결국 근위대를 다 처리하는 데 성공했다.

서문엽은 이제 흰빛에 휩싸였다.

5단계를 달성한 것이다.

남아공 선수들이 나타난 것도 바로 그때였다.

*　　　　*　　　　*

"제길! 흰색이야!"

"벌써?!"

"그래도 혼자뿐이야! 다 같이 공격해!"

궁전에 잠입한 7인은 위풍당당하게 흰색 광채에 휩싸인 서문엽을 보고 기겁했지만, 7 대 1 상황이었으므로 다 같이 협공했다.

황제의 처소 쪽에서 3명, 계단 아래에서 4명이 덤벼들었다. 스켈레톤 근위병과는 비할 바 없이 빨랐다.

다만 서문엽은 더 빨랐다.

쉭—

콰직!

—서문엽, 1킬.

들고 있던 창을 보지도 않고 뒤로 던져 한 명을 처치했다.

둘러싸인 상황에서 무기를 던질 줄은 몰랐던 탓에 방심하다가 1명이 데스되었다.

서문엽은 이어서 벽에 꽂혀 있던 창을 뽑아 들고 다음 상대에게 덤볐다.

상대는 채찍을 쓰고 있었는데, 강철로 된 채찍에 전류가 흘렀다. 채찍에 전류를 실어 상대를 감전시키는 초능력이었다.

휘리릭!

채찍이 회오리 같은 모양으로 서문엽을 덮쳤다.

스치기만 해도 전류로 감전시킬 수 있으니 닿기만 하면 통하는 공격이었다.

하지만 회오리 같은 모양을 띤 채찍의 흐름 속에서, 서문엽은 파고들 공간을 봤다.

바로 정중앙!

팔다리를 모으고 그대로 회전하는 채찍의 한가운데로 몸을 날렸다.

서문엽은 불타는 링 사이를 통과하는 사자의 곡예처럼 그 사이를 통과했다. 그리고 앞으로 세운 창으로 채찍을 든 남아공 선수를 찔렀다.

푹!

ㅡ서문엽, 2킬.

채찍이 닿기 전에 처치할 수 있다고 확신한 판단력의 승리였다.

그때, 갑자기 중력이 2배가 된 것처럼 몸이 무거워졌다.

누군가가 몸이 느려지게 하는 초능력을 쓴 것이리라.

"이때다!"

다른 남아공 선수들이 저돌적으로 달려들었다.

서문엽은 입꼬리를 당겨 웃었다.

'증폭, 민첩성.'

파파파팟!

—서문엽, 3킬.

—서문엽, 4킬.

—서문엽, 5킬.

눈에 보이지도 않을 정도로 빠른 연속 찌르기!

도리어 남아공 선수들이 서문엽이 느려졌다고 방심한 나머지 무더기로 죽었다.

남은 것은 2명.

딜러들은 모두 죽고 탱커 2명만 남았는데, 다들 망연자실했다.

"어떻게 저렇게 강할 수가……."

"아무리 5단계라도 이건 너무하잖아."

전의를 상실한 그들은 냉큼 덤벼드는 서문엽에게 속수무책으로 데스당했다. 둘 다 탱커라서 달아나 봐야 서문엽보다 느렸다.

—서문엽, 6킬.

—서문엽, 7킬.

이어서 백하연 쪽에서도 킬 소식이 들렸다.

—백하연, 1킬.

―피에트로 아넬라, 1킬.
―피에트로 아넬라, 2킬.
―피에트로 아넬라, 3킬.

아마 견제 플레이를 하던 남아공 선수 4인이 이미 졌기 때문에 달아나지 않고 계속 싸운 모양이었다.
1세트는 한국의 압도적인 승리로 끝났다.

제5장

C조 II

2세트, 던전은 천 개의 다리.

천여 개의 다리가 거미줄처럼 얽혀 있고, 다리에서 벗어나면 10배의 중력으로 추락하는 던전이다.

워낙 지형이 복잡하고 길이 한두 개로 정해져 있지 않아서 수많은 변수가 창출된다.

이런 지형일수록 남아공이 빠른 기동력을 잘 살릴 수 있다.

하지만 남아공 선수들은 정상 컨디션이 아니었다.

그들은 1세트의 대패 충격에서 벗어나지 못했다.

특히 궁전에서 서문엽과 싸운 7명은 정신적으로 후유증을 앓았다.

하나같이 높은 연봉을 받으며 유럽권에서 잘나가는 선수들이었다. 자부심이 하늘을 찔렀다.

하지만 궁전에서는 서문엽에게 아무것도 못 해보고 학살당한 7개의 낙엽에 불과했다.

머릿속에 있던 오만함이 깨지고 겸손함이 자리 잡기 시작한 과도기.

한마디로 패닉이었다.

2세트에서도 서문엽은 기세 좋게 날뛰었다.

남아공 선수들이 1세트의 영향으로 많이 위축됐을 것을 예상하고 활발하게 견제 플레이를 펼쳐 더 심리적 압박을 주었다.

남아공 측의 진영에서 아예 살다시피 한 서문엽은 계속 창을 던져서 위협했다.

그러면서 조승호를 인근 길목에 두어 CCTV 겸 충전기 역할을 시켰다.

"이대로는 안 돼!"

"다 같이 가서 잡아!"

분노한 남아공 선수들이 전원 총동원되어서 서문엽을 잡고자 했다.

하지만 그럴 때는 조승호가 CCTV 역할을 톡톡히 해주었다.

적이 어디서 오는지 조승호가 봐주니 이를 참고하여서 손

쉽게 따돌렸다.

제대로 포위망을 펼쳐야 잡을 수 있지만, 그러면 각기 흩어져야 하기 때문에 서문엽에게 오히려 각개 격파 당할 수 있었다.

결국 이러지도 저러지도 못하면서 남아공 대표 팀은 자멸했다.

서문엽의 견제 플레이에 대응을 못 하고 우왕좌왕하니, 시간이 흐를수록 한국 팀의 누적 사냥 포인트가 그들을 훨씬 상회했다.

뒤늦게야 정신 차린 남아공 선수들의 선택은 한 타 싸움에서 승리를 노려보자는 것.

그것은 결국 한국이 원하는 바였다.

한 타 싸움을 집중적으로 연마한 데다가 선수들이 사냥 포인트를 잘 먹어서 성장한 한국 팀은 마지막 결전에서 대승을 거뒀다.

파파파파팟!

피에트로가 남아공 선수들의 머리 위에 있는 다리로 공간 이동한 뒤, 마법진을 만들었다.

이제 20개까지 만들 수 있지만 여전히 배틀필드 경기에서는 13개로 한정했다. 온 힘을 다하면 경기 자체가 성립이 안되기 때문이다.

힘 조절을 했음에도 파괴력은 극강했다.

피에트로는 단번에 4킬 3어시를 기록했다.

파괴되다시피 한 남아공 진형을 한국 선수들이 불도저처럼 밀어버렸다.

서문엽은 도망치는 적을 하나하나 붙잡아 사냥하는 역할을 맡았다.

완벽한 승리였다.

―한국이 완벽하게 승리를 거두었습니다! 한 명의 데스도 없는 압승! 정말 강합니다!

―1세트에서 충격패를 당하고 나서 남아공 선수들이 자기 스타일을 잊어버렸습니다.

―그렇습니다. 서문엽 선수야 당연히 무섭죠. 건드려 봐야 손해만 입기 십상이라는 게 여러 차례 증명됐으니까요. 하지만 그럼에도 1세트 때 궁전에서 싸웠을 때처럼 습격하는 것이 남아공의 스타일이었습니다. 그런데 너무 크게 패한 나머지 2세트에서는 고유의 스타일을 잃고 이도저도 아닌 경기를 했습니다.

―그것은 남아공 선수들의 정신적 동요도 문제였지만, 초반부터 견제를 펼치며 정신적으로 압박한 서문엽 선수의 플레이가 주효했던 것이죠.

―예, 정말 무서운 선수입니다. 단지 강하기만 한 게 아니라, 상대의 허실을 잘 알고 싫어할 만한 플레이만 해줬어요.

─단독으로 황제를 사냥했던 것도 그렇고, 오늘 서문엽 선수가 자신의 숨겨왔던 본 실력을 똑똑히 세상에 공개했습니다. C조의 미국과 네덜란드도 오늘 경기를 보고 걱정이 태산일 겁니다.

*　　　　*　　　　*

제럴드 워커는 손에 땀을 쥐고 경기를 보았다.

보고도 믿기지 않아서 1세트를 다시 보았다.

모은 사냥 포인트도 전혀 없는 초반.

시작하자마자 궁전에 가서 황제와 일대일로 붙었다.

만인릉 황제는 악명 높은 최종 보스 몹이었다.

사냥 포인트를 충분히 쌓은 후반에 다 같이 잡으라고 만들어진 몹이다.

저렇게 혼자 잡으라고 놔둔 몹이 아닌 것이다.

'저게 사람인가?'

황제의 대검에 실린 힘은 제럴드 워커도 버겁게 막아야 하는 위력이었다.

충분한 사냥 포인트를 모으지 못하면 못 막는다.

괜히 수많은 팀이 만인릉에서 황제를 거르는 게 아니었다.

서문엽이 아무리 최근 근력이 좋아졌다고 해도 황제의 공격을 막아내기란 무리였다.

그런데 이에 대하여 서문엽이 보여준 답안은 간단명료했다.

한 대도 안 맞으면 된다.

'움직임을 미리 알고 피하고 있다. 저게 가능한 거였나?'

서문엽은 황제를 주시하고 움직이려는 찰나, 한발 먼저 움직여서 회피와 반격을 동시에 성공시킨다.

황제의 검술 패턴을 다 파악하고 있다는 뜻이었다.

황제는 몇 가지 패턴밖에 못하는 싸구려 AI가 아니다. 탄탄한 검술과 상황에 따라 응용하는 테크닉을 갖추고 있어 미리 알고 피하기란 보통은 무리였다.

선수들 중에는 두 자루의 대검으로 황제의 검술을 따라 배워서 효과를 거둔 이들도 있을 정도였다.

육감이라고 해야 할까.

아니면 무서운 반사 신경이라고 해야 할까.

실제로 황제를 처치했던 경험이 도움 됐던 건지, 서문엽은 능수능란하게 황제를 요리했다.

다소 시간이 걸렸지만, 꾸준히 공격을 피하고 반격으로 상처를 입히며 피해를 누적시켰다. 결국 힘이 빠진 황제를 잡는데 성공했다.

'이런 선수를 어떻게 상대하지?'

제럴드 워커는 갑갑해졌다.

이번 월드컵에서 자신이 최고임을 증명하고 싶었다.

자신도 있었다.

서문엽에게 짧은 가르침을 받은 이후, 자신은 성장했다.

예전에는 스스로의 어설픔을 모른 채 최강을 소리친 애송이였다면, 이제는 비로소 진정 최고의 탱커가 되었다고 확신했다.

자신에게 패배와 가르침을 내려주었던 서문엽도 이제는 자신 있었다.

그런데 그 확신이 저 멀리로 날아갔다.

못 본 사이에 서문엽은 괴물이 되어 나타났다.

약했던 힘이 메이저 리그의 클래식 탱커들 못지않게 세졌고, 속도는 그냥 미쳐 버렸다.

순발력은 또 어떤가.

적에게 대응하는 반사 신경과 창을 찌르는 속도는 눈에 보이지도 않게 되었다.

그동안 숨겨왔던 본 실력이라도 드러낸 것일까?

저 나이에 이런 성장이 있을 수 있나 싶었다.

'미치겠군. 이미 누가 최고인지는 정해졌어.'

다른 사람들은 누가 최고냐고 아직도 기대하고 있겠지만, 자신이나 톱3라 불리는 세 사람은 이미 느꼈을 것이다. 서문엽을 혼자 감당하기란 무리라고 말이다.

아마 그들이 속한 프랑스, 독일, 영국 대표 팀도 고민하고 있을 터였다.

황제를 사냥한 이후, 남아공 선수 7명을 혼자서 학살하는 장면에서는 저도 모르게 주먹을 불끈 쥐었다. 다들 이름만 들어도 알 만한 유명한 선수들인데, 우수수 쓰러지는 떨거지들이 되어버렸다.

'그래도 내가 막는 수밖에 없다.'

가능성이 없는 것은 아니다.

육체 강화로 30초간 제럴드 워커는 어마어마한 피지컬을 얻는다.

양 팀 모두 한 타 싸움에 집중하고 있으니, 싸움이 벌어졌을 때 30초간 서문엽을 상대하면 된다.

'그리고 운이 좋으면 내가 이길 수도 있지! 보여주겠다. 그때 이후로 내가 얼마나 성장했는지를.'

수년 전 언젠가, 승부를 겨루러 갔다가 가르침을 받고 돌아왔던 날은 아직도 기억했다.

순순히 진심으로 패배를 인정했던 때는 그날이 처음이었다.

*　　　　*　　　　*

1경기, 미국 대 네덜란드, 미국 승.

2경기, 대한민국 대 남아공, 대한민국 승.

죽음의 조라고 불렸던 C조에서 격동이 일었다.

이중 최강 팀으로 꼽혔던 미국의 대승은 당연했는데, 한국의 대승은 뜻밖이었다.

서문엽과 피에트로 콤비가 있으니 한국이 이길 거라는 전
망은 다들 하고 있었다.

문제는 너무 강했다.

정확히는 서문엽이 말이다.

1세트에서 보여준 퍼포먼스는 세상에 충격을 주었다.

—서문은 미쳤어. 황제를 구역 보스 몹쯤 되듯이 해치워 버
렸어.

—서문에게는 뭔가 특별한 게 있어. 실제로 자기가 잡아봤던
던전 몹을 상대할 땐 비상식적일 정도로 간단하게 사냥하지.

—저 악명 높은 황제를 실제로 처치했던 사람이라니. 그는
정말 영웅이라 불릴 만해.

—얘들아, 너희들 황제보다 서문에게 학살당한 7명의 선수
들도 언급해 줘. 그들은 듣도 보도 못한 떨거지들이 아니야. lol

—미국과 한국이 붙으면 누가 이길까? 당연히 미국이라고 생
각했는데 이제는 모르겠어.

—저런 서문엽이 있는데 진다고? 상상이 안 가. 심지어 서문
엽 혼자만 있는 것도 아니잖아. 피에트로 아넬라는 무서운 원거
리 딜러라고.

—제발 미국이 한국과 남아공에게 졌으면 좋겠어. 그래야 우
리 네덜란드도 희망이 생긴다고!

└안 됐네, 친구. 미국이 남아공에게 질 거라는 희망을 품다니.

C조에서 미국이 1위로 올라가고 남은 한 자리를 놓고 세 국가가 치열하게 다툴 거라는 기존 평가는 사라졌다.

이제는 미국도 한국을 상대로는 장담 못 한다는 의견이 대세였다.

서문엽이 보여준 퍼포먼스는 그 정도로 큰 파장을 낳았다.

월드컵은 점점 팬들의 뜨거운 환호를 받으며 진행되었다.

A조의 프랑스가 2승을 거둬 16강 진출을 거의 확정 지었고, B조에서도 영국이 압도적인 경기력으로 2승을 거뒀다. '아이리시 위저드' 로이 마이어를 비롯한 선수들이 통합된 영국 대표 팀의 저력을 똑똑히 보여주며 우승 후보로 자리매김하였다.

그리고 다시 C조의 3경기가 열릴 차례가 되었다.

전 세계 팬들이 가장 기대한 경기.

미국 대 대한민국의 경기였다.

"컨디션은 어때?"

그렇게 묻는 백제호의 목소리에 걱정이 묻어 나왔다.

서문엽이 어제도 혹독하기 그지없는 트레이닝을 했기 때문이었다.

아무리 회복력이 빠른 초인이라지만, 경기 바로 전날에 하드 트레이닝을 하는 경우는 없었다.

그런데 서문엽은 월드컵 중에도 내내 빠짐없이 하드 트레이닝을 했다. 그것도 코치들이 다들 뜯어말리고 싶어 하는 엄청난 강도의 트레이닝을 말이다.

마치 서문엽에게 월드컵은 최종 목표가 아닌 그냥 지나가는 이벤트 정도인 것처럼 보였다.

"내 컨디션? 완전 최상이지."

서문엽은 어느 때와 마찬가지로 자신감이 넘쳤다.

"알다가도 모르겠다. 옛날에는 더 강해질 수가 없다면서 훈련 안 하고 그냥 놀았잖아?"

"그땐 그게 한계였으니까."

백제호는 이해할 수가 없다는 듯 고개를 절레절레 저었다.

그러거나 말거나 경기장에 나서기 위해 배틀 슈트와 갑옷을 챙겨 입은 서문엽은 라커 룸에 달린 거울을 보며 씨익 웃었다.

―대상: 서문엽(인간)

―근력 91/95

―민첩성 109/110

―속도 100/101

―지구력 101/102

―정신력 111/112

―기술 108/109
―오러 110/111
―리더십 100/101
―전술 100/101
―초능력: 분석안, 던지기, 불사, 증폭, 영혼 연성

남아공과의 경기가 끝난 날도 밤늦게까지 훈련했다. 그렇듯 월드컵 중에도 쉬지 않고 훈련을 한 보람은 있었다.

바로 어제 민첩성이 1 더 오른 것이다.

'제럴드 워커야. 나랑 재미있게 놀아보자.'

모든 재능을 만개해 괴물이 된 제럴드 워커와 겨뤄볼 생각을 하니 기분이 좋았다.

맨날 말도 안 되는 거대 뱀과 사투를 벌이던 그에게 제럴드 워커 같은 인간적인 상대는 유희거리나 다름없었다.

*　　　*　　　*

양 팀 선수가 입장했고, 서로 악수를 나눴다.

서문엽은 제럴드 워커와 악수를 나눴다. 두 사람의 시선이 충돌했다.

"예전의 내가 아닐 거다."

제럴드 워커는 호승심을 숨기지 않았다.

서문엽은 미소를 지었다.

"알아, 인마."

"당신도 그간 더 강해졌지만, 나도 만만치 않을 거다."

그 말을 남기고 제럴드 워커는 지나갔다.

'생각보다 신중한데.'

네덜란드전에서 1, 2세트 연속 MVP를 차지한 미국의 영웅 답지 않은 방어적인 태도였다.

'내가 남아공을 박살 내는 걸 봤을 테니 위기감을 느꼈을 테고, 아마도 제럴드 워커는 날 마크하는 특명을 받았겠지.'

계속 미국 선수들과 악수를 나눴다.

하나같이 덩치가 크고 힘이 셌다. 탱커들은 그야말로 거인 이었고, 민첩성과 속도가 높은 딜러들도 체격이 한국 선수들 보다 컸다.

덩치가 클수록 강한 것은 초인들의 세계에서도 대체로 적 용되는 이야기였다.

'어째 다들 기본적으로 근력이 높네.'

서문엽은 혀를 내둘렀다.

현재 서문엽의 근력은 91/95.

스피드를 살리기 위해 근력을 다소 포기했지만, 그럼에도 상당히 높은 편이다.

그런데 미국 대표 팀 선수들의 평균적인 근력이 딱 그 정도 였다.

탱커들은 물론이고 딜러들도 근력이 85 아래로 떨어지는 선수가 없었다.

'아니, 어떻게 쟤네 딜러들이 우리 탱커들보다 듬직해 보이냐?'

한국 측에서 가장 힘이 센 사람은 서문엽이고, 그다음이 근력 90의 최혁이다.

그런데 미국 팀에는 근접 딜러 중에도 근력 90이 넘는 선수가 몇 있었다.

근접 딜러가 탱커와 근력이 비슷하면 어떻게 될까?

그땐 근접전에서 탱커가 안전하지 못하게 된다. 저쪽 딜러가 몸싸움에서도 안 밀리고, 들고 있는 방패를 뺏어버릴 수도 있으니까.

미국이 괜히 '파워 게임'으로 세계를 제패한 게 아니었다.

새삼 확연히 느껴지는 양국의 격차였다.

이 탓에 오늘 경기는 백제호를 비롯하여 코치진이 고심을 했고, 선발 선수 명단을 다음과 같이 짰다.

탱커: 서문엽, 최혁, 채우현, 최만식, 신태경.

근접 딜러: 백하연, 박영민.

원거리 딜러: 피에트로 아넬라, 심영수, 이나연.

서포터: 조승호.

이번에는 제대로 된 5탱커였다.

본래 서문엽이 딜러 역할을 하면서 사실상 4탱커였지만, 이번만큼은 서문엽도 탱커 라인을 보강하는 데 힘을 보태야 할 필요가 있었다.

탱커들끼리 힘겨루기에서 한국 측이 뚫려 버릴 공산이 컸기 때문이다.

근접 딜러에서는 유벽호가 빠지고 박영민이 들어갔다.

유벽호는 순간 기속으로 30초간 빠른 스피드를 구사할 수 있지만, 근력이 너무 약한 탓에 공격 수단이 많지 않았다. 미국은 전통적으로 디펜스가 최상급이었기 때문에 유벽호가 활약할 길이 별로 없었다.

대신 근력·민첩성·속도 등이 모두 80대로 우수한 편에다가 화염검이라는 확실한 공격 수단이 있는 박영민이 투입됐다.

하지만 한국이 승부를 걸고 있는 진짜 공격력은 원거리 딜러들이 맡았다.

적을 교란시키는 역할을 맡은 이나연은 제외하더라도, 피에트로와 심영수가 초능력을 적극적으로 써서 막강한 화력으로 적을 파괴할 계획이었다.

이를 위하여 조승호가 원거리 딜러들의 오러를 회복시켜 주는 충전기 역할을 수행한다.

요약하자면 결국 한 타 싸움에서 승부를 보겠다는 뜻!

미국도 한 타 싸움이 특기이니 어마어마한 집단전이 벌어질 것이 분명했다.

어느 때보다도 강한 적을 맞이한 만큼, 한국 선수들의 표정은 전쟁에 나가는 것처럼 굳어 있었다. 피에트로만이 아무 생각 없는 표정으로 휘적휘적 따라 걷고 있을 뿐이었다.

*　　　*　　　*

1세트 던전은 대공동묘지.

죽은 지저인을 매장하는 거대한 동굴이었다.

성역(최후의 던전)에 거주하던 대부분의 지저인이 매장되는 곳인 만큼 규모는 상상을 초월했다.

일반 지저인은 동굴의 각 벽이나 천장에 매장시키지만, 신분이 높은 이는 가족과 함께 굴을 따로 파서 공간을 마련해 안치시킨다.

폭도 굉장히 큰 데다가 구조도 복잡하기 짝이 없었다.

신분 높은 지저인이 죽을 때마다 새로 동굴 옆에 길을 따로 뚫어서 안치실을 만들고, 동굴이 꽉 차면 확장 공사를 거듭한 결과였다.

이곳은 안치된 고인의 시신을 보호하는 신성한 장소였기 때문에 지저인들은 누구나 이곳에 매장되길 바랐다. 워낙 시체를 언데드로 만드는 작자들이 많은 탓이었다.

그런데 결국은 지저 문명 최후의 대사제가 여길 통째로 던전으로 만들어 성역을 보호하는 수단으로 삼았다.

전쟁에서 밀리고 있어서 눈깔 뒤집힌 대사제에게 이 대공동 묘지는 언데드 군단을 생산할 절호의 군사 시설로밖에 안 보였을 것이다.

'그 대사제가 지금 나와 함께 있지.'

서문엽은 흘깃 피에트로를 곁눈질했다.

피에트로는 자신의 과오가 얽힌 대공동묘지를 둘러보고 있었다.

딱히 표정에 드러나는 감정은 없었다.

하지만 마음속으로는 어떤 회한(悔恨)을 느끼고 있을 터였다.

"대형 갖추고, 시작하자."

서문엽이 선수들에게 지시했다.

"예!"

선수들이 서문엽을 중심으로 모였다.

이곳은 따로따로 나뉘어서 사냥하는 곳이 아니었다.

11명이 함께 이동해야 한다.

벽과 천장에서 언데드들이 워낙 많이 쏟아져 나오기 때문이다.

게다가 괴물들을 다 처치하면 해당 지역의 동굴이 무너진다.

주요 길목을 제외하고는 다 저절로 붕괴되는 형식의 던전.

길이 어떻게 달라져서 서로 고립될지 모르니 함께 다니는 것이 최선이었다.

선두에 서문엽이 서고, 그 위로 탱커 넷이 좌우에 도열했다.

쐐기 형태로 선 탱커 라인 뒤편에 딜러들과 조승호가 보호받듯이 섰다.

그대로 앞으로 나아갔다.

"크엑!"

"크히엑!"

"흐으으으……!"

천장과 벽에서 좀비들이 튀어나왔다. 죽은 지 얼마 안 된 시신들로 만든 언데드 괴물들이었다.

좀비들은 영화처럼 느릿느릿하지 않았다.

초점 없는 눈을 희번덕거리며 맹렬하게 달려왔다.

"내가 먼저 앞서가서 뚫는다. 뒤따르면서 다 쓸어버려."

"옛!"

서문엽이 앞으로 튀어나갔다.

서문엽의 빈 공간은 4탱커가 간격을 좁혀서 메웠다.

파파파파팟!

서문엽의 창이 연속 찌르기를 섬전처럼 펼쳤다.

창은 어김없이 좀비들의 머리에 구멍을 뚫었다.

좀비들을 우수수 쓰러뜨리며 계속 앞으로 질주! 금세 좀비 떼를 뚫고서 저 멀리로 파고들었다.

서문엽이 돌파하자 나머지 선수들이 뒤따르며 좀비들을 쓸어버렸다.

콰앙! 빽! 뻐억!

서문엽은 거침없이 돌진했다.

좌우에서 좀비들이 몸을 날리다시피 하며 덮쳤지만, 그때마다 방패로 후려치며 계속 앞으로 나갔다.

창도 앞으로 찌르고, 뒤로도 이중 날로 찌르며 좀비들을 마구 죽였다.

살육 기계.

좀비가 무더기로 서문엽에 의해 쓰러졌다.

서문엽이 앞에서 빠르게 돌파한 덕에 한국 팀의 전진은 빨랐다.

우르르르!

그들이 지나간 동굴이 무너졌다.

한국 팀이 지나간 자리마다 도미노처럼 붕괴가 계속되었다.

돌아갈 곳 없이 계속 전진해야 하는 곳.

이것이 대공동묘지의 묘미였다.

동굴은 두 갈래, 세 갈래로 계속 나뉘었는데, 어떤 길로 가느냐에 따라 앞으로의 행보가 결정된다. 한 번 지나가면 붕괴되어서 다신 못 돌아가기 때문이다.

[야, 어느 쪽에 언데드가 많아?]

서문엽이 오러에 소리를 싣는 기법으로 피에트로에게 은밀히 물었다.

[왼쪽.]

피에트로는 바로 답했다.

대공동묘지의 설계와 확장 공사는 대대로 대사제의 역할.

피에트로보다 더 이곳 구조를 잘 아는 사람은 없었다.

서문엽은 피에트로가 알려주는 대로 길을 정했다.

피에트로가 알려준 길에는 숨겨진 밀실이 많았다.

신분 높은 지저인 일가족이 매장된 밀실이 있을 때마다 피에트로가 알려주었다.

알려준 벽을 후려갈기니, 우르르 벽이 무너지면서 밀실이 나타났다.

대공동묘지는 아직 어느 프로 팀도 그 구조와 숨겨진 밀실 등을 완전히 파악하지 못했다. 워낙 방대하기 때문.

하지만 한국 팀은 피에트로 덕에 밀실을 빠짐없이 발견하고서 그 안에 있는 거물급 언데드들을 사냥했다. 그들은 신분이 높았던 만큼 더 강하고 사냥 포인트도 더 많이 줬다.

"삼촌, 어떻게 그렇게 잘 알아?"

백하연이 궁금해져서 물었다.

"여기도 7영웅이 깼던 곳이잖아."

"우리 아빠도 그리 잘 알지는 못하던데."

"네 아빠랑 나랑 같니? 걔는 내가 시키는 대로만 따랐고, 나는 지도까지 만들면서 다녔지."

그때는 지금처럼 강했던 시절이 아니라, 던전에서 더더욱 머리를 쥐어짜고 신중에 신중을 기해야 했다.

물론 그렇다 해도 숨겨진 밀실을 잘 찾는 것은 피에트로 덕분이었지만 말이다.

밀실은 중요한 사냥 포인트였다.

밀실에서 나타나는 괴물은 그만큼 더 강하지만, 어차피 11명이 다 같이 다니기 때문에 일반 좀비나 마찬가지로 순식간에 협공으로 처치할 수 있다.

그러면서 사냥 포인트는 풍부하게 주니, 밀실을 많이 찾을수록 이득이었다.

서문엽이 피에트로가 일러주는 대로 밀실을 족족 찾아내니, 한국 팀은 빠른 속도로 사냥 포인트를 축적할 수 있었다.

서문엽은 벌써 3단계인 붉은색 광채.

다른 선수들도 조승호와 피에트로를 제외하고는 기본적으로 2단계 보라색이 되었다.

그때였다.

우르르르!

어딘가에서 동굴이 붕괴되는 소리가 들렸다.

가까운 곳에 미국 팀이 있다는 뜻이었다.

손짓으로 모두를 침묵시킨 서문엽은 귀를 기울였다.

이윽고 창으로 2시 방향을 가리켰다.

"저쪽이다."

머릿속에서 이곳 인근의 지리가 펼쳐졌다.

약 200m 거리.

약간 길이 좁아지는 구간이라 11 대 11로 싸우기에 공간이 충분치 않았다.

공간을 넓게 활용 못 하면 빠른 발보다는 힘이 더 중요해진다.

한국에 불리한 지형이란 뜻이었다.

"좀 더 넓은 공간으로 끌어내서 한판 붙어야겠다. 이쪽으로 따라와!"

서문엽이 선수들을 이끌고 이동했다.

좀비들을 마저 다 해치우고 움직이니, 그들이 지나왔던 동굴도 붕괴되기 시작했다.

이 소리를 미국 측도 들었을 터였다.

미국은 아마 쫓아올 터였다. 그들로서는 좁은 지형이 유리하니 피할 이유가 없으니까.

얼마나 지났을까.

넓은 지형이 좀처럼 나타나지 않았는데, 문득 피에트로가 말했다.

[천장에 밀실.]

[천장?]

서문엽은 위를 바라보았다.

창으로 찌르자 천장이 우르르 무너지고, 숨겨진 공간이 나타났다.

여러 개의 관이 놓여 있었고, 그곳에서 안식을 방해받은 스켈레톤들이 관을 열고 일어났다.

"딱 좋네. 여기서 싸운다! 모두 올라가!"

한국 선수들이 일제히 천장의 밀실로 올라갔다.

스켈레톤들은 금방 처치했다.

서문엽은 이곳에서 미국 팀을 맞아 싸우기로 했다.

위에서 아래를 내려다볼 수 있으니 유리한 구도였다.

게다가 밀실 덕에 공간이 넓어져서 이나연이 점프하기도 좋고, 심영수가 밀실 구석에 숨어서 '폭발 구체'를 쏘기도 좋았다.

11명이 모두 밀실에 자리 잡고 기다리니, 금방 미국 팀이 도착했다.

그들은 천장의 밀실에 자리 잡고 기다리는 한국 팀을 보고는 곤란해했다.

"제길, 이런 밀실이 있었나?"

"구도가 너무 불리한데."

한국 팀이야 제 발로 밑으로 내려가 덤빌 이유가 없었고, 미국 팀은 한국 팀이 자리 잡고 있는 곳으로 뛰어올라서 싸우기에는 너무 불리하다고 판단했다.

그래서 서로 대치했으나 쉽게 싸움이 벌어지지는 않았다.

그때였다.

서문엽이 방패로 입을 가리고 작게 지시했다.

"피에트로, 마법진으로 좌우 길목을 전부 틀어막을 수 있겠지?"

"가능하다."

"좋아. 길을 전부 틀어막아서 가둬놓고 패자."

좌우로 뚫려 있는 길을 마법진으로 막아놓으면 미국은 독 안에 든 쥐처럼 된다.

그때 위에서 공격을 퍼부어서 다 때려잡겠다는 의도였다.

"셋 하면 시작한다. 하나, 둘, 셋!"

＊　　　＊　　　＊

파파파파파팟!

마법진 13개가 일거에 펼쳐졌다.

7개는 좌측 길목에, 6개는 우측 길목에 자리 잡아서 미국 선수들을 가둬 버렸다.

게다가 그곳에서 영령들이 소환되어 쏟아져 나오기 시작했다.

"막아!"

미국 선수들은 버럭 소리 질렀다.

제럴드 워커를 위시한 탱커들이 나서서 막아보았지만, 영령들은 불규칙하게 사방팔방에서 날뛰어서 커버가 불가능했다.

서문엽이 소리쳤다.

"심영수, 폭발!"

"옛!"

심영수가 혼란한 미국 선수들 한가운데에 폭발 구체를 쏘았다.

콰르릉! 콰릉!

"크억!"

―심영수, 1킬.

잇달아 날린 폭발 구체에 당한 미국 선수들이 나타났다. 양 길목을 차단하여 가둬놨기 때문에 피할 공간이 없었다.

이나연도 열심히 화살을 쏴서 그들을 더욱 정신 없게 만들었다.

―피에트로 아넬라, 1킬.

―피에트로 아넬라, 2킬.

탱커들의 노력에도 불구하고 영령들에게 당한 선수들도 속출.

움직일 공간이 여의치 않으니 마법형 원거리 딜러들의 공격이 정통으로 적중하고 있었다.

그 광경에 제럴드 워커의 두 눈에 불꽃이 튀었다.

"이 새끼들을!"

제럴드 워커는 한국 선수들이 도사리는 천장의 밀실 위로 뛰어올랐다.

혼자 호랑이 굴 안에 뛰어든 제럴드 워커.

그러나 맹수는 제럴드 워커였다.

"어딜 올라와!"

"어림없다!"

최혁과 신태경이 달려들었다.

제럴드 워커가 '육체 강화'를 펼친 것도 그때였다.

─육체 강화: 근력, 민첩성, 속도, 지구력을 30초간 20% 강화한다.

그렇지 않아도 강했던 그의 피지컬이 20%씩 상승하자, 제럴드 워커는 괴물이 되었다.

힘껏 핼버드를 휘둘렀다.

콰가가각!

"커헉!"

'오러 집중'으로 방패에 오러를 모았던 최혁도, 보조해 주던 신태경도 일격에 나동그라졌다.

나동그라진 두 탱커는 제럴드 워커의 핼버드가 수확하듯이 목숨을 노렸다.

쩌억!

―제럴드 워커, 1킬.

신태경의 데스.

콰직!

최혁은 가까스로 옆으로 뒹굴어서 핼버드의 도끼날을 피했다.

"같이 커버해!"

채우현이 방패를 들고 달려들며 소리쳤다.

이에 보조 탱커인 최만식도 같이 도왔다.

제럴드 워커는 방패를 들어 올린 채 돌격했다.

몸통 박치기!

쿠우우우웅!

"흐억!"

"뭐 이런!"

채우현과 최만식도 같이 나동그라졌다.

한국의 탱커 4명이 한 사람에게 모두 수수깡처럼 밀려 버린 참사였다.

탱커들이 위기에 빠지자 그 뒤에 있던 근접 딜러 백하연, 박영민이 달려들려 했다.

하지만 제럴드 워커는 핼버드를 풍차처럼 휘두르며 그들을 물러나게 만들었다.

"찻!"

심영수가 '속박'으로 제럴드 워커의 발목을 묶는 데 성공했다.

하지만 발목만 휘감았을 뿐, 제럴드 워커를 어쩌지는 못했다.

제럴드 워커는 계속 핼버드를 크게 휘둘러 한국 선수들을 접근 못 하게 한 뒤, 환란에 빠진 동료들에게 소리쳤다.

"올라와!!"

제럴드 워커가 혼자서 동료들이 올라올 공간을 개척해 버린 것이었다.

영령들에 의해 환란을 당하고 있던 미국 선수들은 재빨리 점프했다.

그런데 그때였다.

파팟!

마법진 3개가 삽시간에 이동해서 천장을 막아버렸다.

점프했던 미국 선수들이 마법진에 머리를 들이받고는 무더기로 추락했다.

순간적으로 피에트로가 뛰어난 센스를 보여준 것이었다.

그 여파는 컸다.

"으악!"

"아아악!"

영령들이 추락한 미국 선수들을 사정없이 물어뜯었고, 방어 태세가 무너진 탓에 속수무책으로 당했다.

—피에트로 아넬라, 3킬.
—피에트로 아넬라, 4킬.

"이, 이럴 수가!"

제럴드 워커는 당황했다.

자신 때문에 도리어 동료들이 더 큰 위기에 빠진 셈이었으니까.

물론 제럴드 워커는 놀라운 괴력으로 최선을 다했고, 다만 피에트로가 마법진을 조종해서 사기성을 보여줬을 뿐이었다.

"이 개자식들!"

아직 '육체 강화' 30초는 진행 중이었다.

격노한 제럴드 워커는 자신이 왜 최고의 탱커로 꼽히는지 증명했다.

최혁, 채우현, 최만식 3탱커와 좌충우돌하며 몸싸움에서 승리.

균형을 잃고 허우적대는 최만식의 머리를 핼버드로 후려쳐 데스시켰다.

—제럴드 워커, 2킬.

연이어 최혁까지도 방패로 찍어버렸다.

최혁도 방패를 들어서 막았지만, 압도적인 힘에 찍어 눌렸다.

뻐걱!

—제럴드 워커, 3킬.

밀실의 좁은 공간이라서 제럴드 워커 한 사람의 괴력에 한국 선수들이 쩔쩔매고 있었다.

아래쪽에서 살아남은 미국 선수들도 다시 기운내서 악을 쓰며 마법진을 후려갈기기 시작했다.

마법진은 단단하지만 선수들이 일제히 달려들어서 후려치는데도 끄떡없는 수준은 아니었다.

6명밖에 남지 않은 미국 대표 팀이 어떻게든 이기겠다며 일심동체로 힘을 모으는 상황. 제럴드 워커의 분전 덕에 용기를 얻은 것이었다.

그쯤 되니 서문엽도 가만히 있을 수 없었다.

팟!

서문엽이 혼자서 한국 탱커들을 작살내고 있는 제럴드 워커에게 몸을 날렸다.

제럴드 워커도 그를 의식하고 있었다.

쾅!

강맹한 위력이 실린 창을 제럴드 워커의 방패가 막아낸다.

오히려 제럴드 워커가 힘을 가해 창을 밀어냈다.

서문엽은 밀리는 힘에 저항하지 않고 창을 빙글 회전시켰다.

이어서 창 뒤쪽의 이중 날로 발목을 노렸다.

유려하게 이어진 2격.

카앙!

다시 제럴드 워커가 방패를 아래로 내려 막아냈다.

예전과 비교하면 놀랍도록 발전한 방패 컨트롤이었다.

이번에는 제럴드 워커의 핼버드가 서문엽의 몸통을 노렸다.

방패로 막을 수도 있지만, 계속 서로 충돌하는 식으로는 제럴드 워커에게 유리한 힘 싸움이 될 뿐이었다.

파앗!

훌쩍 뛰어올라 피한 서문엽은 벽을 디딘 채로 3연속 찌르기를 펼쳤다.

촤촤착!

"큭!"

갑자기 측면 각도에서 날아드는 찌르기에 제럴드 워커가 동요했다.

이번엔 벽을 힘껏 박차고 반대편으로 이동.

반대편에서 다시 3연속 찌르기를 펼쳤다.

촤촤착!

"윽!"

제럴드 워커는 계속 양 측면에서 공격을 퍼붓는 서문엽의 공세에 밀렸다.

정면 힘 싸움을 피해 양 측면을 공략해 오는 서문엽의 공세가 얄밉기까지 했다.

게다가 지금은 일대일 대결을 하는 상황이 아니었다.

실력이 어중간한 대부분의 한국 선수들은 두 사람의 싸움에 끼어들 엄두도 못 내고 있었지만, 단 한 사람은 달랐다.

파팟!

백하연이 달려와 거침없이 채찍을 휘두른 것이다.

채찍이 뱀처럼 움직이며 제럴드 워커의 오른쪽 팔을 낚아챘다.

"꺼져!"

제럴드 워커가 몸부림치자 오히려 채찍을 당기던 백하연이 흔들렸다.

하지만 백하연은 그대로 검을 꼬나 쥐고 달려들었다.

상대가 누구건 칼 꽂을 생각을 하지 못하면 명문 파리 뤼미에르 BC에서 근접 딜러로 살아남지 못한다. 위협적으로 덤비니 제럴드 워커도 백하연을 무시할 수가 없었다.

앞에서는 무려 서문엽이 공세를 펼치는데 환장할 지경이었다.

푹!

"큭!"

아니나 다를까, 조금의 틈이 보인 순간 서문엽의 창이 오른쪽 허벅다리를 찔러 버렸다.

다행히 버틸 만한 부상이었다.

제럴드 워커는 허둥지둥 벽에 붙어서 거북이처럼 방패 속에 웅크린 채 방어만을 했다.

서문엽은 제럴드 워커를 계속 궁지로 몰아넣었다.

"피에트로, 안 끝내고 뭐 해? 조승호, 피에트로한테 오러 줘!"

제럴드 워커 한 놈에게 3킬을 당하는 바람에 한국 팀도 상황이 웃기게 됐다.

서문엽을 제외하고 남은 선수는 채우현, 백하연, 박영민, 이나연, 피에트로, 심영수, 조승호.

이나연, 피에트로, 심영수, 조승호는 근접 전투에 약하다.

그 때문에 이 싸움을 끝내지 못하고 어정쩡하게 전개됐다.

죽은 세 선수가 모두 탱커여서 이런 사태가 일어난 것.

그래서 서문엽은 피에트로에게 어서 끝내라고 독촉했다.

조승호가 '오러 전달'로 자신의 오러를 전부 피에트로에게 넘겨주었다.

사실 피에트로는 다섯째 상급 사제를 흡수하고서 오러가 아직 넘쳤지만, 일부러 이전처럼 약간의 힘만 내고 있었던 상황.

조승호가 오러를 건네주니 더 힘을 발휘할 명분이 생겼다.

파파파팟!

부서졌던 마법진을 새로 만들어 다시 13개를 채운 피에트로.

거기서 영령들이 또다시 물밀듯이 쏟아져 나왔다.

미국 선수들을 절망케 하는 순간이었다.

—피에트로 아넬라, 5킬.

—피에트로 아넬라, 6킬.

"됐어! 다 내려가서 끝내!"

서문엽의 호령에 한국 선수들은 일제히 아래로 내려갔다.

서문엽은 홀로 남아 제럴드 워커와 사투를 벌였다.

이미 다리에 부상 입은 제럴드 워커는 요리하기 어렵지 않았다.

거기다가 '육체 강화' 30초도 끝나 버렸다.

촤촤촤촤착!

서문엽이 갑자기 템포를 올려서 더 빠른 연속 찌르기를 퍼붓자, 제럴드 워커는 육체 강화가 풀린 타이밍과 맞물려서 복부를 찔리고 말았다.

"크억!"

―서문엽, 1킬.

물론 서문엽은 그 30초를 속으로 계산하고 피니시를 한 것
이었다.

제럴드 워커가 쓰러지자 승부는 이미 난 셈이었다.

1세트, 5-0, 대한민국 승리.

*   *   *

"이야, 압승인 줄 알았는데 스코어가 5-0이네. 그 와중에
3명이 또 죽은 거야?"

서문엽이 혀를 내두르자 한국 선수들은 고개를 숙였다.

특히나 쉬운 싸움을 어렵게 만든 최혁, 최만식, 신태경은 고
개를 들지 못했다.

아무리 상대가 제럴드 워커라지만 탱커 4명이 하나를 못
당해내고 무너진 것은 문제가 있었다.

피에트로가 6킬.

심영수와 서문엽이 각각 1킬씩.

아래쪽에 남아 있던 미국 선수는 3명이었는데, 그 3명이 그
와중에도 발악하며 3킬을 해버린 것이다.

미국 대표 팀의 선수 개개인이 얼마나 강한지 알 수 있는
모습이었다.

"상대가 미국이잖아."

백제호가 한마디 하며 다른 선수들을 옹호해 주었다.

서문엽은 어깨를 으쓱했다.

"누가 뭐래? 그냥 감탄한 거야. 쟤들 되게 끈질기다. 정면에서 11 대 11 제대로 붙었으면 못 이길 수도 있었겠는데."

탱커들이 힘 싸움에서 안 되니, 양측이 충돌하자마자 한국은 대형이 무너질 것이다.

그렇다고 서문엽이 전면에 나서서 메인 탱커 노릇을 하자니, 제럴드 워커와 드잡이하느라 발이 묶인다. 서문엽이 없으면 한국의 공격력은 격감된다.

"그렇다고 꼭 우리가 불리한 것만은 아닙니다. 방금도 피에트로 선수가 마법진으로 길목을 천장까지 전부 틀어막은 플레이는 아주 좋았습니다."

라이너 하임 전술 코치가 말했다.

그는 2세트 던전인 던전 웜 레어 지도를 펼쳐놓고 피에트로에게 설명했다.

"이곳도 1세트도 비슷한 지형이라 같은 구도를 만들 수 있습니다. 이 던전은 특히 로이 마이어가 매번 MVP를 따는 곳이죠. 제가 무슨 말 하는지 아시겠습니까?"

피에트로는 고개를 끄덕였다.

로이 마이어의 특기는 '얼음벽'으로 공간을 갈라서 아군에게 유리한 판을 만드는 것이었다.

얼음벽의 그 역할을 피에트로의 마법진으로 똑같이 흉내 낼 수 있다는 뜻이었다.

물론 로이 마이어 못지않은 전술적인 판단력이 있어야 한다는 전제가 있다.

─전술 97/97

피에트로의 전술 능력은 로이 마이어의 92/98보다 결코 낮지 않았다.

부족한 것은 의욕뿐이었다.

[내게 점점 많은 것을 바라는군. 말했지만 난 이게 별로 재미있지 않다.]

피에트로가 서문엽에게 은밀히 말했다.

그를 선수로 만들어서 부린 장본인, 서문엽은 뜨끔해서 황급히 말했다.

[알았어, 인마. 내가 마법진 어떻게 쓸지 시각 이미지로 전달해 줄게. 넌 그냥 내가 시키는 대로만 해.]

[알았다.]

그제야 피에트로는 더 이상 불만을 제기하지 않았다.

시각 이미지를 오러에 실어서 전달할 수 있어서 다행이었다.

*   *   *

거대한 잡식성 지렁이인 던전 웜은 개미처럼 지하에 굴을 파고 지낸다.

끊임없이 굴을 파고 다니므로 경기 중에도 실시간으로 지형이 달라진다.

때문에 던전 웜 레어는 길을 잃기 십상인 악명 높은 미로였다.

이곳에서 많이 뛰어본 베테랑들도 오히려 경험에 의존하여 길을 찾다가는 던전 웜들이 새로 뚫어놓은 굴로 접어들어서 헤매고 만다.

2세트가 시작되자 서문엽은 선수들과 함께 이동했다. 길 잃기 딱 좋은 곳이라 되도록 함께 다녀야 안전했다.

다만 발이 빠른 이나연에게는 따로 임무를 부여했다.

"주변 정찰하고 웜들 유인해 와."

"네!"

이나연은 씩씩하게 달려갔다.

쌩하니 쏜살같이 달려가는 모습을 보니 흐뭇해졌다.

'처음 봤을 땐 재능이 벼룩 같다고 낄낄거렸었는데 말이지. 참 잘 컸어.'

아직 자신의 재능을 몰랐던 이나연에게 속도를 키우고 활을 쥐어준 것은 서문엽의 신의 한 수였다.

이제는 한계는 있을지언정 뚜렷한 장점이 있어서 정찰과 견제라는 매우 확고한 역할을 맡는다.

장단점과 활용성이 확고하기 때문에 수많은 클럽 감독들이 탐낸다.

감독이라면 누구나 정찰에 특화된 선수 하나씩은 갖고 싶어 하는 법이었다.

이나연은 점프를 활용하여 마하를 방불케 하는 속도로 쏘다녔다.

던전 웜이 보일 때마다 화살을 한 대씩 쏘며 유인했다.

금세 이나연이 던전 웜 3마리를 끌고 돌아오자 사냥이 개시되었다.

"최혁, 채우현 앞에서 잘 버티고, 신태경과 최만식은 커버!"

"옛!"

서문엽의 오더에 네 탱커는 굳은 결의가 어린 표정으로 답했다. 1세트의 치욕을 만회하고 말겠다는 결의가 보이는 탱커들이었다.

쿠우우웅! 쿠웅!

"큭!"

"으윽!"

던전 웜들이 온몸으로 부딪쳐 오자 최혁과 채우현은 버티려고 안간힘을 썼다.

"태경아, 뒤 좀!"

던전 웜 2마리와 충돌한 채우현이 다급히 소리쳤다.

신태경이 쏜살같이 달려와 뒤에서 받쳐주었다. 채우현은 간신히 쓰러지지 않고 버텨낼 수 있었다.

탱커들이 안정적으로 던전 웜들을 멈춰 세우자, 딜러들의 공격이 펼쳐졌다.

콰지직!

"키리릭!"

백하연의 검이 가장 먼저 던전 웜의 머리에 꽂혔다.

격노한 던전 웜이 머리를 마구 뒤흔들자 백하연은 검을 뽑으며 튕겨져 나갔다.

하지만.

파앗!

순간 이동으로 다시 던전 웜 앞에 나타나 다시 한 번 검을 꽂았다.

푸우욱!

"끼리리리릭!"

급소에 잇달아 공격당한 던전 웜은 움직임이 굼떠졌다.

다른 던전 웜은 박영민이 나섰다.

박영민은 검을 던전 웜 입속에 밀어 넣고 '화염검'을 펼쳤다.

퍼어엉!

"끼리리릭!"

이어서 이나연도 날렵하게 뛰어올라 던전 웜의 몸에 화살을 꽂아 넣었다.

그러고는 심영수의 '폭발 구체'로 마무리.

콰르릉!

던전 웜의 시체 2구가 축 늘어졌다.

나머지 한 마리는 서문엽의 몫이었다.

팟! 파앗!

벽을 박차고 천장까지 디딘 서문엽은 급속도로 하강하게 던전 웜의 정수리를 창으로 꿰어버렸다.

콰지직!

"끼릭!"

단말마의 비명과 함께 던전 웜이 축 늘어졌다.

창을 뽑은 서문엽은 만족스러운 미소를 지었다.

"옛날에 제호가 자주 써먹은 움직임인데, 이게 되네."

중력을 무시하고 벽이며 천장이며 모두 밟고 다니던 백제호의 날렵함.

민첩성과 더불어 속도도 극도로 높아야 가능한 동작인데, 이걸 이제 서문엽도 자유자재로 구사할 수 있게 되었다. 민첩성 109에 속도 100이니 못할 것도 없었다.

다들 서문엽을 보며 감탄 어린 표정을 하고 있었다.

"넷티, 빨리 튀어가지 않고 뭐 하냐? 11명이 다 뭉쳐 다니니까 몹을 빨리빨리 공급해야 해."

"앗, 네!"

이나연이 또 후다닥 뛰어갔다.

다 같이 던전 웜 레어를 다니다가, 문득 백하연이 말했다.

"삼촌, 5—5—1로 찢어지는 건 어때?"

"5—5—1? 그 1은 나 혼자 다니라는 뜻은 아닐 테고……."

"1은 나연이야. 5인 1조로 다니고, 나연이는 두 조에 몹을 몰아주는 거지. 서로 멀리 떨어져 있지만 않으면 괜찮지 않아?"

그 제안에 서문엽은 곰곰이 생각해 보았다.

현재 한국 팀이 한데 뭉쳐 다니는 이유는 지리적으로 변수가 많아서였다.

서로 따로 다니다가 길을 잘못 타서 점점 더 거리가 벌어질 수도 있기 때문이다.

문제는 상대가 미국.

적극적으로 한 타 싸움을 걸어오는 팀이라는 사실이었다.

미국 측이 한 타 싸움을 걸어오면 재빨리 합류해야 하는데, 그게 늦어지면 낭패 보기 십상이었다.

하지만 중간에서 두 조를 왔다 갔다 하며 조율해 주는 이나연이 있다.

'넷티가 두 조의 위치를 조율해 준다면 문제없어. 정찰로 주변 지리를 파악하니까 길잡이가 되어줄 테고. 문제는 넷티가 그렇게 복잡한 역할을 다 해낼 수 있느냐다.'

—대상: 이나연(인간)

—근력 48/48

—민첩성 71/71

—속도 100/100

—지구력 53/53

—정신력 73/73

—기술 60/60

—오러 69/69

—리더십 24/24

—전술 76/83

—초능력: 점프

65였던 전술이 어느새 76으로 성장했다.

늘 전술과 밀접한 연관이 있는 정찰을 담당하다 보니 전술 스탯이 오를 수밖에 없었다.

76이면 선수로서 상당히 높은 수치였다.

속도 외에는 모든 게 부족한 이나연.

그런 그녀가 태극 마크를 달고 활약할 수 있는 것은 바로 전술적 재능이 뛰어난 덕이었다.

'좋아. 76까지 올랐으니 할 수 있겠어.'

서문엽은 백하연이 제시한 방안을 채택하기로 했다.

그렇게 1조는 서문엽이 최혁, 조승호, 피에트로, 심영수를 이끌기로 했다.

조승호는 전투력 자체가 없고 피에트로와 심영수는 오러를 아껴야 하는 입장이라, 사실상 서문엽과 최혁만 싸우는 조였다.

서문엽이 월등하게 강하기 때문에 그나마 탱커 중 공격력이 높은 최혁 외에는 멤버를 이렇게 구성했다.

나머지는 모두 백하연이 이끄는 2조에 속해 따로 떨어져 이동하기로 했다.

이나연은 더 바빠졌다.

빠르게 던전을 누비고 다니며 던전 웜을 활로 쏴서 유인해 1조와 2조에 분배해 주었다.

또한 1조와 2조가 서로 너무 많이 떨어지지 않게 내비게이션 역할도 해줘야 했다.

하는 일이 훨씬 복잡해졌지만, 이나연은 어려워하지 않고 수월하게 해냈다.

덕분에 한국 팀의 사냥은 훨씬 빨라졌다.

이나연만 몹 몰이를 하는 게 아니라 두 조도 사냥감을 찾아다녔기 때문에 사냥 속도가 빨라질 수밖에 없었다.

침입자를 격퇴하기 위해 나타난 병정 던전 웜까지 처치하고 나니 서문엽은 3단계 붉은색 광채에 휩싸였다.

사냥 포인트의 보조에 의하여' 공격에 실리는 파괴력이 더 강해졌다.

'이 정도면 충분하겠는데. 슬슬 결판을 지으러 가야겠다.'

한국 팀은 미국 진영으로 발길을 돌렸다.

그런데 미국 측이 있을 거라고 생각했던 지역에서 그들을 발견할 수 없었다.

―북쪽으로 향한 흔적이 있어요.

정찰 간 이나연이 알려왔다.

북쪽?

서문엽은 곧 알아차렸다.

"공동으로 갔군."

던전 웜 레어의 지하 최심부에 있는 거대한 공동(空洞).

던전 웜들이 광물을 파먹은 곳인데, 여왕 던전 웜이 수천 개의 알을 산란하는 장소였다.

알들을 지키려는 병정 던전 웜도 많이 출현하고, 알에서 깨어난 새끼 던전 웜들이 득시글거려서 사냥하기 더없이 좋은 장소였다.

하지만 사냥 중에 적습을 받으면 위험해질 수 있기 때문에 함부로 자리 잡아서는 안 되는 곳이기도 했다.

미국이 먼저 그곳에 자리 잡았다는 것은……

'한판 붙자 이거지.'

그런 위험을 감수하고서라도 사방이 탁 트인 넓은 공간에서 제대로 붙겠다는 의지였다.

1세트처럼 불리한 지형에서 피에트로의 마법진까지 더해지면 대패할 수 있다는 것을 교훈으로 얻은 탓에 내린 결단이리라.

"공동으로 가자. 놈들이 기다린다."

서문엽은 공동에서 미국이 원하는 대로 한판 붙기로 결심했다.

어차피 최적의 사냥 포인트 습득 장소인 공동에서 자리 잡고 있는 적을 가만 놔둘 수는 없는 노릇이었다.

*   *   *

한국 팀이 공동에 도착했다.

미국 팀은 공동의 정중앙에서 밀집 대형을 짜고 사냥을 하고 있었다.

'나름 머리 썼군.'

그들을 관찰하던 서문엽은 정중앙에 자리 잡은 이유를 알아챘다.

그들 대부분은 메이저 리그 출신이었다.

그리고 메이저 리그는 로이 마이어가 활약하는 리그다.

로이 마이어가 '얼음벽'을 어떻게 써서 적을 고립시키는지 늘 봐왔던 선수들인 것이다.

피에트로가 마법진을 벽처럼 활용해 1세트처럼 자신들을 단절시킬 수 있다는 것을 알고 구석이 아니라 정중앙에 자리 잡았다.

사방이 트인 중앙에서는 마법진으로 벽을 만들어도 돌아 갈 수 있으니까.

거기다가 피에트로의 공격은 회피가 가능한 넓은 곳에서 맞아야 피해를 줄일 수 있다는 교훈을 1세트에서 얻었고 말이다.

그들을 풍비박산 낸 피에트로의 6킬이 꽤나 충격적이었던 모양이다.

"삼촌, 어떡할 거야?"

팀의 서브 오더인 백하연이 조용히 물었다.

이러면 계획대로 피에트로의 마법진을 활용해서 싸울 수 없지 않느냐는 질문이었다.

서문엽이 말했다.

"다른 꼼수는 없겠군. 그냥 붙는다. 일단 조승호에게 소모된 오러를 충전받고 시작하자."

조승호가 모두에게 오러 전달을 시전했다.

한국 선수들은 사냥으로 소진했던 오러를 모두 회복했다.

덕분에 조승호는 이제 오러가 다 고갈됐지만 말이다.

"피에트로."

"뭐냐."

"적 탱커 2명을 마법진으로 전후좌우 둘러싸서 제거해 버려. 할 수 있지?"

"한 명당 5개씩 쓰면 10초 안에 처치할 수 있다."

피에트로의 말에 서문엽을 제외한 선수들은 질린 표정이 되었다.

튼튼하기로 소문난 저 미국 탱커 2명을 10초 안에 제거한 다니, 미친 파괴력이었다.

"탱커 2명만 없어져도 싸워볼 만할 거야. 그럼 남은 건 2명인데, 그중 제럴드 워커는 내가 처치할 거고."

2세트에서 미국은 제럴드 워커를 포함해 4탱커 체제였다.

그중 3명이 빠지면 아무리 상대적으로 약한 한국 탱커진이라도 밀어붙일 수 있었다.

"자, 가자!"

서문엽이 소리치며 앞장서서 뛰어나갔다.

한국 선수들이 그를 중심으로 모여서 뒤따랐다.

미국 측도 이미 정찰로 한국이 가까이 와 있다는 것을 파악한 상태. 당황하지 않고 포메이션을 갖췄다.

선두에 선 제럴드 워커가 눈에 불을 켜고 서문엽을 노려보고 있었다.

서문엽도 제럴드 워커를 똑바로 바라보며 달려갔다.

두 사람이 가장 먼저 충돌할 것 같았다.

그때, 서문엽은 시각적 이미지를 오러에 실어 피에트로에게 전달했다.

누구를 먼저 처치해야 하는지 직접 이미지로 보여줘 지시한 것이다.

파파파파파파팟!

"헉!"

"이, 이런!"

미국의 탱커 2명이 각각 5개의 마법진에 전후좌우와 머리 위까지 둘러싸여 버렸다.

5개의 마법진에서 영령들이 쏟아져 나왔다.

"으아아악!"

"아악!"

─피에트로 아넬라, 1킬.

─피에트로 아넬라, 2킬.

피할 공간이 조금도 없는 일격!

삽시간에 탱커 2명이 데스당하자 미국 팀은 술렁였다.

저런 식으로 당하면 누구도 킬을 피할 수 없다는 것을 깨달았기 때문이다.

마법진들이 또다른 먹잇감을 찾아 날아들었다.

"마법진을 피해! 둘러싸이면 끝장이야!"

제럴드 워커가 소리쳤다.

"넌 여길 신경 써야지."

어느새 가까이 다가온 서문엽이 말을 건넸다.

촤악!

"큭!"

날아드는 창을 고개 젖혀 피한 제럴드 워커.

이윽고 그도 '육체 강화'를 쓰고서 맞상대했다.

카앙! 깡! 챙!

불꽃 튀는 공방이 펼쳐졌다.

30초간 민첩성이 114가 된 제럴드 워커와 민첩성 109의 서문엽은 엄청난 속도로 공격을 주고받았다.

하지만 힘에서 유리한 제럴드 워커가 심지어 더 민첩하기까지 하니 서문엽이 수세에 몰렸다.

물론.

'증폭, 민첩성.'

서문엽은 금방 민첩성을 119로 뻥튀기시켰다.

갑자기 더 빨라진 서문엽의 템포에 제럴드 워커는 당황했다.

'25초, 이제 24초 남았지? 그 안에 처치해 주지.'

서문엽은 제럴드 워커가 '육체 강화' 상태일 때 이겨주기로 했다.

*　　　*　　　*

―피에트로 아넬라! 놀라운 초능력 응용으로 미국의 탱커

2명을 처치하고 싸움을 시작합니다!

　―맙소사, 초능력을 저렇게 쓰면 대체 누가 살아남을 수 있을까요? 아넬라, 너무 강력합니다! 한 타 싸움이 벌어질 때마다 적어도 2명 이상은 죽고 시작할 수밖에 없어요!

　―미국의 위기! 한국이 거세게 밀어붙입니다! 탱커가 둘밖에 안 남았어요! 최전방 제럴드 워커의 어깨가 무겁습니다! 서문엽, 그대로 제럴드 워커에게 돌진! 맞붙습니다!

　"와아아아아아!!"

　"워커! 워커! 워커!"

　"서문에게 지지 마!"

　경기장 대부분을 채운 미국 팬들이 소리를 지르며 응원했다.

　제럴드 워커와 서문엽.

　양 팀 에이스의 자존심 싸움이었다.

　이윽고 두 사람이 무서운 속도로 공방을 벌이자 경기장이 더욱 후끈해졌다.

　육체 강화로 피지컬 각 능력치가 20% 상승한 제럴드 워커.

　서문엽은 그에 한 발짝도 안 물러서며 모든 공격을 맞받아쳤다.

　두 사람 다 탱커인 게 믿기지 않을 정도로 템포가 빨랐다.

　둘 모두 인간의 한계를 초월한 민첩성을 발휘하고 있으니,

보는 관중들 입장에서는 휘황찬란한 광경일 수밖에 없었다.

─놀랍습니다! 정말 경이로운 대결을 펼치고 있어요!

─제럴드 워커 선수는 몸집에 비해 말도 안 될 정도로 순발력이 뛰어나죠. 거기다가 육체 강화를 썼으면 보통은 누구도 감당 안 될 위력을 발휘합니다! 그런데 서문엽은 역시나 서문엽입니다. 한 치도 밀리지 않고, 버거워하는 모습도 안 보입니다!

눈보다 빠른 그들의 공방에 관중들은 어안이 벙벙했지만, 배틀필드 선수 출신인 중계진은 싸움이 어떻게 진행되고 있는지 눈으로 따라갈 수 있었다.

하지만 그들도 입을 떡 벌리고 경악한 것은 마찬가지.

짧은 순간순간에 펼쳐지는 그들의 공방에 서린 테크닉이 하나같이 고난이도였기 때문이다.

─제럴드, 제한 시간 30초 안에 승부를 봐야 하는데 승기를 가져올 기미가 안 보입니다. 서문엽이 더 스피드를 끌어올려서 오히려 밀어붙이고 있어요!

─한국 팀을 상대로는 서문엽만 제대로 마킹해도 성공입니다. 하지만 지금은 미국이 수적으로 불리해요. 거기다가 피에트로 아넬라는 지금도 저 무서운 초능력을 계속 펼치면서 휘

젓고 있어요!

─피에트로! 피에트로의 초능력만 견뎌내면 됩니다. 한국
은 서포터 조승호가 싸움에서 빠지고 이나연도 공격에 큰 위
력은 없습니다. 미국의 탱커 라인이 붕괴된 것이 큰 리스크이
지만 이겨낼 수 있어요!

제럴드 워커와 서문엽이 치열하게 붙는 동안, 미국은 일류
답게 한국의 공세에 대처하고 있었다.

제럴드 워커도 서문엽과의 일대일 대결로 바쁜 바람에 탱커
가 하나밖에 남지 않았지만, 근접 딜러들이 붙어서 탱커 라인
을 커버해 주었다.

근접 딜러들도 어찌나 근력이 강한지, 한국의 4탱커들이 오
히려 밀릴 정도였다.

그리고 나머지 절반은 열심히 뛰어다니며 피에트로의 마법
진을 하나하나 부숴 나가고 있었다.

웬만한 힘으로 때려서는 꿈쩍도 안 하는 마법진이지만, 여
럿이서 힘을 모아 일격을 가하는 식으로 부수니 마법진이 어
느새 7개로 줄었다. 미국도 나름대로 피에트로에 대한 대응책
을 연마해 두었던 것이다.

그렇게 의외의 전개가 펼쳐지고 있을 때였다.

서문엽이 문득 뒤로 훌쩍 뛰어서 거리를 벌리며 물러났다.

그리고 즉각 창을 던지는 그립으로 고쳐 쥐었다.

곧잘 하는 그립 체인지 페인트였다.

그러나 제럴드 워커는 꿈쩍도 하지 않았다. 서문엽이 저 페인트로 상대의 타이밍을 뺏는다는 것을 잘 알고 있었으니까.

그런데……

파앗!

이번에는 페인트가 아니었다.

살짝 시간차를 두고 뜸들인 다음, 정말로 창을 던졌다.

흠칫.

제럴드 워커는 시간차로 타이밍을 뺏고 던진 서문엽의 테크닉에 살짝 동요했다.

하지만 회복도 순식간이었다.

'그래, 던져봐. 이것만 막고 새 창을 꺼내기 전에 달려들어서 밀어붙이면 내 승리다.'

제럴드 워커는 홧김에 정말로 창을 던진 서문엽의 실수라고 판단했다.

찰나의 순간에 자신이 승리할 시나리오가 머릿속을 스쳤다. 그가 초일류라는 증거였다.

하지만.

'무슨!'

방패를 들어서 날아오는 창을 막으려 했던 제럴드 워커는 당황했다.

창이 너무 느리게 날아왔기 때문이다.

순간적으로 당했다는 생각이 들었다.

서문엽이 이중으로 함정을 팠다.

최대한 천천히 날아가게끔 '던지기'를 조절한 것.

제럴드 워커는 느리게 날아오는 창이 완전히 도달할 때까지 방패를 들고 방어를 해야 했고, 그사이에 서문엽은 새 창을 꺼내 들었다.

캉!

창이 방패에 막혔다.

하지만 제럴드 워커는 조금도 기쁘지 않았다.

결국 타이밍을 뺏겼다.

시작된 서문엽의 맹렬한 공세에 제럴드 워커는 계속 방어를 해야 했다.

한 템포 더 기어를 올려서 연속 찌르기를 펼치는 서문엽.

그가 깨달은 완급 조절의 묘리가 완벽하게 적용되었다.

제럴드 워커는 수세에 몰렸다.

밀어붙이면서, 서문엽도 피니시를 먹일 시나리오를 설계했다.

쉭!

창이 재빠르게 하단을 노렸다가 튕겨 오르듯이 얼굴로 향했다.

방향을 바꿔 뱀처럼 날아드는 창.

제럴드 워커는 황급히 방패를 들어 얼굴을 막았다.

그 순간, 제럴드 워커의 시야는 방패에 가려졌다.

물론 제럴드 워커는 방어한 직후, 재빨리 방패를 다시 옆으로 치워서 시야를 회복했다. 일전에 서문엽에게 방패로 스스로의 시야가 제한되어서는 안 된다는 것을 배웠으니까.

하지만 방패를 치웠을 때, 서문엽은 사라져 있었다.

다음 순간.

푹!

"크억!"

제럴드 워커는 왼쪽 어깨를 창에 찔렸다.

'당했다!'

방패를 옆으로 치웠지만, 서문엽은 그 방패의 움직임을 쫓아서 웅크린 채 옆으로 이동한 것이다.

상대의 방패를 역이용해 시야 밖으로 숨는 테크닉!

결과적으로 아주 잠깐이나마 상대의 시야 밖으로 사라지는 마술을 펼친 셈이었다.

어깨를 당한 제럴드 워커는 허둥지둥 물러났다.

"방패가 안 올라가지?"

서문엽은 차갑게 웃으며 말을 건넨다.

제럴드 워커는 이를 악물었다.

왼쪽 어깨를 찔린 탓에 왼손에 든 방패를 위로 올리기 힘들었다. 그걸 서문엽은 귀신같이 꿰뚫고 있었다.

이윽고 펼쳐진 연속 찌르기는 오직 상단만 노렸다.

제럴드 워커는 뒤로 물러나려 했지만, 느린 발이 발목을 잡았다.

푹.

—서문엽, 1킬.

서문엽은 제럴드 워커를 처치하는 데 성공했다.

아직 제럴드 워커의 육체 강화가 7초 남아 있을 때 벌어진 일이었다.

—오 마이 갓! 제럴드 워커가 당했습니다!

—서문엽의 경이로운 테크닉의 연속이었습니다! 느린 투창으로 타이밍을 뺏고, 밀어붙이다가 제럴드 워커 선수의 방패를 역이용해 시야 밖으로 움직이는 기술을 펼쳤어요!

—그 짧은 순간에 말이죠!

—예! 탱커를 공략할 때, 탱커가 들고 있는 방패 때문에 안보이는 지점으로 몸을 숨기는 테크닉은 근접 딜러들이 곧잘하는 거지만, 저런 스피드로 구사하는 것은 처음 봅니다!

—이러면 미국이 위험합니다! 제럴드 워커 선수가 데스당하면서 균형이 완전히 무너졌어요!

자유가 된 서문엽이 다른 미국 선수들을 사냥하기 시작했다.

피에트로가 조종하는 영령들 때문에 정신없는 미국 선수들이 그의 사냥감이 되었다.

—서문엽, 2킬.
—서문엽, 3킬.
—피에트로 아넬라, 3킬.
—서문엽, 4킬.

한바탕의 킬 축제였다.

탱커도 1명밖에 없으니 미국 선수들은 모두 서문엽의 맹공에 노출되어 줄줄이 데스당했다.

두 사람의 일방적인 공격에 미국은 결국 쓰러졌다.

6—0.

그 와중에 한국 팀도 5명이나 데스당했지만, 결국 2세트도 한국의 승리였다.

1세트, 5—0, 한국 승. MVP: 피에트로 아넬라.
2세트, 6—0, 한국 승. MVP: 서문엽.

한국은 미국을 꺾고 2승을 챙겨 C조 1위에 올랐다.

*   *   *

네덜란드는 남아공을 2—1로 꺾었다.

1세트는 완승했지만, 2세트는 악에 받친 남아공의 대대적인 초반 기습 작전에 휘말려 내주고 말았다.

심기일전하여 3세트는 다시 완승을 거뒀지만, 네덜란드는 갈 길이 먼 와중에 당한 2세트 패배에 한숨을 쉬었다.

한편, 네덜란드와 남아공의 2—1 소식에 한국은 축배를 들었다.

이로서 한국은 네덜란드와의 경기에서 패배한다 해도 16강 진출은 확정이었기 때문이다.

한국은 남아공을 상대로도, 미국을 상대로도 한 세트도 패하지 않았다.

때문에 한국, 미국, 네덜란드가 함께 2승 1패가 된다 해도, 남아공에게 한 세트를 패배한 네덜란드보다 순위가 높게 된다.

즉, 다음 경기에서 완패한다 해도 1위나 2위로 16강 확정이었다.

네덜란드로서는 한국을 2—0으로 꺾고, 미국이 남아공에게 지거나 이기더라도 한 세트는 패하길 바라야 했다.

하지만 미국조차 이겨 버린 한국의 저력을 보았기 때문에 네덜란드는 암울한 분위기였다.

"그래도 1위로 올라가야 편하게 8강에 진출할 수 있습니다."

라이너 하임 코치의 말에 모두들 당연하다는 듯이 고개를 끄덕였다.

16강 대진표는 추첨을 통해 정해지는데, 조 2위 팀은 다른 조 1위 팀과 붙도록 되어 있었다.

현재 조 1위가 거의 유력한 국가는 프랑스, 영국, 독일 등이었다.

프랑스와 독일은 말할 것도 없는 세계 최강 팀이었고, 영국 통합 대표 팀도 아이리시 위저드가 버티고 있는 강팀이었다.

특히 원거리 딜러로 전향한 개리 윌리엄스가 강력한 합금 활로 적을 괴롭히면서 동료의 킬을 돕는 어시스트 머신이 되었다.

—강화된 육체: 던전에서 근력, 민첩성, 속도가 5씩 증가한다. 원거리 딜러로 출전 시 10씩 증가.

개리 윌리엄스가 가진 초능력의 숨겨진 특성이 서문엽으로 인해 발굴된 탓이었다.

근접 딜러였을 때보다 근력, 민첩성, 속도가 5씩 더 높으니 이는 상당히 큰 차이였다.

더군다나 YSM에서 서문엽에게 집중 훈련을 받으면서 활로 어시스트를 하는 요령을 터득했다.

개리 윌리엄스의 뜻밖의 성장에 날개를 단 영국 통합 대표 팀은 무서운 상승세를 보이고 있었다.

　한국도 미국을 꺾고서 강팀의 면모를 보여주었다지만, 서문
엽과 피에트로에게 많이 의존하는 만큼 약점도 컸다. 저런 강
팀들과 만나면 미국처럼 이길 수 있다고 확신할 수 없는 것이
었다.

　"방심해서는 안 되지만 네덜란드는 미국보다 어려울 것 없
는 팀이고, 지더라도 한 세트만 빼앗으면 1위 확정이니 문제없
지."

　백제호는 낙관했다.

　괴물처럼 강해진 서문엽이 있는데 질 것 같지가 않았던 것
이다.

　'저 괴물도 있고.'

　탐탁지 않은 시선으로 피에트로를 노려보며, 백제호는 속으
로 중얼거렸다.

　인간의 탈을 썼지만 알맹이는 전직 대사제라니.

　대체 서문엽이 안 보이는 곳에서 무슨 짓을 벌이고 있기에
저런 작자를 동료로 데려왔는지는 모르겠지만, 보나마나 피에
트로는 아직 한 번도 진심으로 실력 발휘를 한 적이 없을 것
이다. 그 지저 문명을 다스렸던 대사제 아닌가?

　"지금껏 축적된 데이터로 미루어보면, 네덜란드가 우리를
상대로 어떤 작전을 펼칠지는 명확합니다. 남아공은 서문엽
선수를 암습하려다가 당했고, 미국은 한 타 싸움으로 승부를

보려 했지만 패했습니다."

여럿이 덤벼서 서문엽을 제거하기도 어렵고, 한 타 싸움으로 정면 대결 해도 어렵다.

그렇다면 답은 하나였다.

라이너 하임 코치가 계속 설명했다.

"네덜란드는 서문엽 선수 외에 다른 선수들을 집중적으로 노릴 겁니다. 앞선 미국전을 미루어보면, 유리한 구도에서 한 타 싸움이 벌어졌는데도 우리 팀은 6명, 5명씩 데스를 당했지요."

서문엽과 피에트로를 제외한 나머지는 만만하다는 데이터가 나와 있는 것이었다.

제6장

진출

　네덜란드 대표 팀은 자국 여론이 상당히 안 좋다고 했다. 미국에서 너무 처참하게 진 탓이었다.

　그동안 유럽은 트렌드에서 뒤처진 미국을 무시하는 경향이 있었다. 미국식 파워 게임은 그들에게 너무 무식하고 야만적인 발상이었다.

　그런데 뚜껑을 열어보니 유럽식 빠른 운영으로 우세한 상황을 만들어놨는데도, 결정적인 한 타 싸움에서 몰살을 당해 버린 것이다.

　이제 네덜란드가 16강에 진출할 수 있는 경우의 수는 한국을 상대로 한 세트도 내주지 않고 깔끔한 승리.

그와 더불어 미국이 남아공에게 지거나 이기더라도 한 세트는 패배해야 한다.

둘 중 하나라도 성립 안 되면 탈락이었다.

"진출 여부를 떠나서 최소한 한국은 이겨야 한다. 그렇지 않으면 실망한 팬들의 마음을 위로할 수가 없어!"

감독의 열변에 네덜란드 선수들의 얼굴에 비장한 각오가 서렸다.

지저 전쟁 이후 초인의 힘은 국가의 힘을 보여주는 하나의 상징이 되었다. 배틀필드는 나라의 자존심이 걸린 스포츠였다.

이대로 조별 예선 탈락의 수모를 안고서 돌아갈 수는 없었다.

"한국은 강하다. 저 미국도 꺾었지. 우리가 당해내지 못했던 한 타 싸움에서 말이다."

"……."

선수들은 숙연해졌다.

미국의 집단전은 세계 최고 수준이었다.

탱커의 파워가 가장 잘 드러나는 상황이었고, 특히 그중에서도 제럴드 워커의 경악스러운 기량이 세계를 놀라게 했다.

그런데 강팀이라고 할 수 없었던 한국이 미국을 정면 승부로 꺾은 것이다.

"하지만 면면을 뜯어보면 한국은 오히려 미국보다 더 상대하기 쉬운 팀이기도 하다."

스크린에 두 한국 선수의 사진이 나타났다.

서문엽과 피에트로였다.

이어서 미국과 한국이 맞부딪치는 전투 영상이 재생됐는데, 서문엽이 제럴드 워커를 몰아붙이고 있었다.

"헉."

"다시 봐도 정말……."

"괴물들이야."

네덜란드 선수들은 침음을 삼키며 탄식했다. 저 제럴드 워커의 위력은 몸소 체험해 보았다. 그런 그를 압도해 버린 서문엽은 대체 어떤 수준이란 말인가.

그리고 다음 영상.

1, 2세트 모두 승부를 결정지은 피에트로의 초능력이었다.

1세트에서는 마법진으로 길목을 차단해 가둬 버리고, 2세트에서는 탱커 2명을 마법진으로 아예 둘러싸서 단번에 처치해 버렸다.

볼수록 사기만 떨어지는 미친 초능력이었다.

"이 두 사람만 보면 한국은 미국을 능가하는 강팀으로 느껴지겠지. 하지만 이러면 어떨까?"

감독의 말이 떨어지자, 이번에는 전투 전체가 눈에 들어오는 영상이 재생됐다.

서문엽과 피에트로만 제외하면 모두 소수의 미국 선수에게 밀리고 있는 한국 선수들이었다.

간간히 전투에 참여 자체를 안 하는 서포터 조승호와 열심히 뛰어다니며 활을 쏘지만 유효타를 주지 못하는 이나연도 보였다.

네덜란드 선수들은 되려 황당한 얼굴이 되었다.

"서문과 피에트로만 빼놓고 보니 저런 팀이 어떻게 조 1위인지 의문이군."

"남아공보다도 약하잖아."

"백하연은 역시 괜찮네. 근데 주변 동료들의 협력 플레이가 없으니까 활약상이 떨어져."

서문엽과 피에트로를 제외하면 역시나 백하연이 가장 눈에 띄었다. 파리 뤼미에르 BC 주전 멤버로서 이름값을 하고 있었다.

하지만 백하연은 팀플레이에 특화된 선수였다.

동료들이 기회를 만들어주면 백하연이 빈틈을 치고 들어가 킬을 낸다.

혹은 동료들에게 킬 기회를 만들어주는 어시스트를 한다.

백하연은 한국 팀에서 두 패턴 중 후자밖에 할 수가 없었다. 그런데 후자도 백하연이 만들어주는 기회를 동료들이 잘 받아먹지 못했다.

그나마 피에트로가 소환한 영령들 덕에 빈틈을 포착해서 킬을 여러 번 할 수는 있었다.

감독이 말했다.

"봤나? 단점이 이렇게 확연한 팀도 없을 거다. 무식한 미국 놈들은 자신들의 힘을 믿고 한국 팀의 강점과 맞붙었기 때문에 졌다. 하지만 우린 다르다. 강점은 철저히 피하고 약점만 공략한다."

"예!"

"물론 한국도 약점을 모를 리는 없다. 그 점을 보완하기 위해 각별히 주의는 하고 있지만, 우리는 그 안전장치부터 하나씩 따고 들어가면 돼."

*   *   *

C조, 대한민국 대 네덜란드.

절치부심한 네덜란드가 준비한 전략은 1세트부터 나타났다.

"엇?"

정찰을 다니던 이나연은 전방에서 네덜란드 선수 2명이 나타나자 깜짝 놀랐다.

"1시 방향 적 2명 출현!"

이나연은 그렇게 소리치고는 냉큼 방향을 돌려 달아났다.

그런데 달아나던 길목에도 네덜란드 선수가 1명 더 나타났다.

"1명 더 출현!"

이나연은 당황하지 않고 오른쪽으로 방향을 돌렸다.

앞 점프로 세차게 질주하며 뒤쫓는 네덜란드 선수들과 거리를 벌리며 달아나는 이나연.

그런데 그 방향에서도 네덜란드 선수 1명이 출현했다.

하필이면 원거리 딜러 샌더 반 바트였다.

'보호막'과 '화염창'이라는 두 가지 초능력을 가진 이 마법형 원거리 딜러는 네덜란드를 대표하는 에이스였다.

세로 3m, 가로 4m의 직사각형 보호막은 어디서든 생성시킬 수 있어서 방어 외에도 적의 길을 막는 용도로도 쓸 수 있다.

또한 1m 길이의 화염창을 생성시켜서 던질 수 있는데, 한 번 던지면 화살과 같은 속도로 날아가 직경 3m 범위의 폭발력을 가진다.

이렇듯 샌더 반 바트는 공격과 수비 모두 갖춰진 원거리 딜러로, 이나연의 천적이라고 할 수 있었다.

"샌더 반 바트도 출현! 저 잡히겠어요!"

―뭐? 당장 가서 구해줄 테니까 최대한 버텨봐!

백하연이 소리쳤다.

그러나 그때, 서문엽이 끼어들었다.

―안 돼, 가지 마.

―응? 왜?

―작정하고 노렸잖아. 이나연 하나만 잡으려 하겠냐? 적어

도 이중으로 함정을 팠겠지. 도우러 가다가 너희까지 기습당
해.

"그럼 전 어떡해요?"

이나연이 물었다.

—어쩔 수 없어. 데스당하더라도 최대한 시간 끌어.

"네!"

이나연은 최선을 다했다.

4명의 네덜란드 선수들에게 둘러싸였지만 빠르게 달리고
점프하며 활을 쐈다.

하지만 네덜란드 선수들도 상당히 빠른 편이었고, 작정하고
이나연을 사냥하기 위해 설계한 함정이기 때문에 결국 데스
를 면치 못했다.

콰르릉!

"꺅!"

—샌더 반 바트, 1킬.

보호막으로 앞을 가로막고 화염창을 던져 마무리한 샌더
반 바트였다.

"됐군. 정찰이 없으니 한국은 견제에 대한 대응이 더 느릴
거야."

이나연은 한국의 안전장치였다.

홀로 다른 지역에서 사냥하는 서문엽은 건드려서는 안 되는 위험인물.

오히려 나머지 10명이 약점이라면 약점이었다. 그 때문에 이나연을 정찰로 돌려서 적습에 대비하고 있었던 것인데, 네덜란드가 허를 찔러서 이나연부터 사냥한 것이다.

워낙 탁월한 이나연의 기동력 때문에 설마 잡힐 거라고 생각 못 했던 한국의 실책이었다.

그 뒤로 네덜란드의 습격은 계속되었다.

이나연이 없어지니 한국은 수시로 견제를 받았다.

이나연의 데스 후 잔뜩 경계를 높인 한국 선수들이지만, 꾸준히 두세 명씩 나타난 네덜란드 선수들은 위협을 가하고 사냥하던 괴물을 스틸하고 도망치기 일쑤였다.

결국.

─샌더 반 바트, 2킬.

네덜란드의 견제 플레이가 성공을 거뒀다.

당한 사람은 보조 탱커 신태경.

전방에서 방어를 하던 탱커 4인 중 가장 외곽에 있던 신태경을 샌더 반 바트가 능숙하게 잡아낸 것이다.

'보호막'을 파티션처럼 써서 신태경을 다른 한국 선수들과 고립시킨 후에 화염창 3발로 마무리. 깔끔한 솜씨였다.

또다시 네덜란드의 견제에 당해 버린 한국 선수들에게 서문엽의 호통이 떨어졌다.

―뭐 해, 병신들아! 상대가 몇 명이라고 반격을 못 하는 거야! 견제 올 것을 뻔히 아는데도 그냥 당하고만 있냐? 아오, 씨발! 그냥 스스로 목을 매서 데스해라!

서문엽과 피에트로 이외의 선수들이 노려질 거라는 걸 사전에 뻔히 예측하고 있었다.

예측하고 적의 견제를 수비하는 훈련을 했는데도 당하고 있는 상황이었다.

"미안해, 삼촌. 그런데 이제 어떻게 할까?"

다들 기가 죽으니 백하연이 나서서 화제를 전환했다.

서문엽은 잠깐 고민하다가 말했다.

―조승호는 나한테 보내. 그리고 나머지 7명은 다 같이 뭉쳐 다녀.

"그게 끝이야?"

―피에트로가 있으니까 쟤들도 대규모로 싸움을 걸어오지는 않을 거야. 지금처럼 소수로 계속 시비만 걸 뿐이지. 내가 돌아올 때까지 너희들은 딱 5명만 살아남아 있어라. 알아들었어?

"응."

서문엽은 조승호에게 '오러 전달'을 수시로 받아가며 홀로 사냥에 열중했다.

그러는 동안 나머지 7명은 계속 네덜란드의 견제 플레이에 시달렸다.

네덜란드는 한국을 시종일관 괴롭히면서, 본인들은 꾸준히 사냥해 성장을 했다.

그럼에도 아직 만족을 못 느끼는 네덜란드였다.

"한두 명은 더 처치해야 돼. 아직 불안하다."

"저쪽도 서문엽이 계속 사냥 포인트를 모으며 크고 있잖아. 수적으로 더 유리하게 만들어야 돼."

혼자 남아공 선수 7명을 때려잡은 서문엽의 플레이는 그들도 잘 알고 있었다.

피에트로의 초능력 역시 웬만한 수적 불리함은 만회하고도 남을 정도의 위력을 발휘한다.

이미 11 대 9지만 아직 안심할 수 없었다. 한국 선수들의 숫자를 더 줄여야 안전했다.

맹렬하게 공세를 펼친 네덜란드.

대규모로 공격했다가는 피에트로의 초능력에 당할 수 있기 때문에 기습과 매복 등으로 조심스럽게 견제를 펼쳤다.

지속적으로 피해를 입은 한국은 그럼에도 서문엽의 지시대로 최대한 죽지 않고 살아남으려 애썼다.

—샌더 반 바트, 3킬.

보조 탱커 최만식이 또다시 샌더 반 바트의 화염창에 사냥 당했다.

그리하여 6명으로 줄어 있을 때였다.

―이제 됐다.

서문엽의 목소리가 들렸다.

반격의 시작이었다.

＊　　　　＊　　　　＊

―3킬! 네덜란드의 에이스 샌더 반 바트 선수가 킬러의 면모를 보여주고 있습니다.

―피에트로 선수의 초능력에 반격당하지 않기 위해서 가까이 접근하지 않고 멀리서 공격하는 네덜란드입니다. 샌더 반 바트 선수의 '화염창'이 제격이죠.

―한국은 아무것도 못 하고 계속 당하고만 있는데요. 서문엽 선수도 묵묵히 다른 지역에서 홀로 사냥 중입니다.

―한국은 나머지 선수들이 당하든 말든 일단 서문엽 선수를 키우겠다는 작전입니다. 사냥 포인트를 잘 먹은 서문엽 선수가 얼마나 무서워지는지는 여러 번 증명됐으니까요.

―하긴, 한국은 서문엽 선수와 피에트로 선수가 전력의 90% 아니겠습니까? 나머지 선수들 중 누가 죽어도 큰 문제 없다고 판단했을 수 있겠습니다.

─말씀하신 순간, 서문엽 선수가 마침내 움직입니다. 4단계
로 성장하자마자 슬슬 반격에 나섭니다.

서문엽은 검은 광채에 휩싸여 있었다.

혼자 아무 방해도 안 받고 사냥한 덕이었다.

조승호에게 오러를 충전받으며 사냥했으니 현재 어떤 선수
보다도 크게 성장한 상태였다.

"다 뒈졌다고 복창해라."

서문엽은 혼자서 네덜란드 선수들이 있는 지역으로 달려갔
다.

그동안 당했던 것을 모두 되돌려 줄 심산이었다.

잠시 후.

─서문엽, 1킬.

서문엽은 사냥을 개시했다.

사냥 중이던 네덜란드 선수들에게 냅다 뛰어들어서 한 명
을 찔러 죽인 것이다.

"서문엽이다!"

"혼자서?!"

네덜란드 선수들이 7명 모여 있었음에도 혼자 뛰어든 서문
엽.

"죽여!"

성난 네덜란드 선수들이 달려들자, 서문엽은 잽싸게 달아났다.

'증폭, 속도!'

증폭시키자 속도가 무려 110.

거기에 초경량 갑옷을 입고 있으니 거의 날아다니듯이 달아나는 서문엽이었다.

삽시간에 거리가 벌어지자 네덜란드 선수들은 어안이 벙벙해졌다.

*   *   *

서문엽의 공세가 시작됐다.

네덜란드는 한국 팀을 괴롭히는 4명과 사냥을 하는 7명으로 나뉘어 있었는데, 서문엽은 그 7명을 6명으로 줄여놨다.

멀리서 창을 던진 것도 아니고, 직접 뛰어들어 처리한 1킬이었다.

도망치는 속도는 더욱 경악스러워서 추격하던 네덜란드 선수들은 망연자실해야 했다.

─줄곧 참아왔던 한국! 마침내 서문엽 선수가 네덜란드에게 복수를 하기 시작했습니다.

─도주하는 스피드 좀 보십시오. 저렇게 빨리 달리는 선수는 난생처음 보는 것 같습니다.

─아, 이거 네덜란드 큰일입니다. 사냥 포인트가 4단계에 접어들었고, 방금 킬을 먹어서 더 쌓인 서문엽 선수거든요. 공격 하나하나가 위력적인데 도망치는 속도도 따라잡기 어렵습니다.

─계속 괴롭힘을 당하겠군요.

─바로 그거죠! 서문엽 선수가 움직인 이상 이제 네덜란드도 운영을 달리해야 합니다.

그 말대로 네덜란드는 동요하고 있었다.

서문엽을 어찌해야 할지를 논의하는 것이었다.

한곳에 6명이나 모여 있는데도 언제 있을지 모르는 적습을 두려워하는 모습은 한국의 처지와 동일했다.

다만 공격을 담당하는 네덜란드 선수 4명의 역할을 서문엽 혼자 하고 있을 뿐.

─다 같이 서문엽을 잡아야 하지 않을까?

한 선수가 의견을 냈다.

그러자 오늘 3킬을 거둔 에이스 샌더 반 바트가 반대했다.

─서문엽은 너무 빨라. 광범위한 포위망을 펼친다 해도 앞을 막고 있는 한두 명을 간단히 죽이고 빠져나갈 거야. 이나연과는 전혀 달라.

이나연은 정작 일대일도 감당할 전투 능력이 없었기 때문에 쉽게 설계해서 처치할 수 있었다.

그런데 같은 방식을 서문엽에게 적용했다가는 끔찍한 각개 격파를 당할 터였다.

—그렇다고 이대로 당하고만 있을 수는 없잖아?

—아냐, 이대로 당하고 있으면 돼.

샌더 반 바트가 의아한 말을 했다.

그가 설명했다.

—한국과 똑같아. 서문엽이 우리를 괴롭힌다면 우리도 한국을 똑같이 괴롭히는 거야. 한국처럼 우리도 최대한 견디면서 상대를 철저히 괴롭혀 주는 거지.

네덜란드는 그 말에 수긍했다.

가급적 서문엽과 싸우려 들지 말라는 감독의 신신당부가 있었기 때문이다.

그리고 기동성을 중시하는 최신 트렌드를 장착한 네덜란드는 이런 상황에서 적과 충돌하지 않고 유연하게 대처할 수 있는 것이 강점이었다.

네덜란드가 맞불을 놓았다.

6명의 본대는 서문엽을 피해 수시로 위치를 옮겼다.

거의 피난 다니다시피 빠르게 이동하는 본대.

그러면서도 계속 사냥을 하고, 지속적으로 사방을 경계했다.

모두들 발이 빨랐기 때문에 가능한 플레이였다.

그러는 한편으로 한국을 계속해서 기습하며 시비를 걸었다.

─샌더 반 바트, 4킬.

죽은 사람은 다름 아닌 조승호였다.

서문엽에게 오러를 거의 다 빨린 뒤로는 인근 지역에 '투명화'를 펼친 채 CCTV 역할만 하고 있었다.

그런데 샌더 반 바트가 조승호가 숨어 있을 법한 위치 몇 군데에 '화염창'을 연거푸 던진 끝에 처치에 성공한 것이다.

이나연과 조승호.

한국의 눈부터 멀게 하겠다는 전략적 콘셉트가 느껴지는 네덜란드였다.

조승호까지 없어지자 한국은 더욱 위축되었다.

적이 오는지 알려주는 선수가 없어져 버린 것이다.

빠르고 순간 이동까지 있는 백하연이 정찰 역할을 대신할 수는 있지만, 또 네덜란드의 설계에 걸려들까 봐 몸을 사리는 중이었다. 백하연은 귀중한 전력이었으니까.

─샌더 반 바트인가 하는 새끼, 아까부터 겁나 거슬리네.

서문엽의 목소리가 들렸다.

─삼촌, 계속 이대로 가는 거야?

백하연이 물었다.

―어.

서문엽은 단호했다.

그런데 뜻밖의 말이 이어졌다.

―조금 있으면 우리가 이기니까 마음 편히 먹어.

―뭐? 어떻게?

―지금 놈들을 3구역으로 몰아넣고 있어. 3―2구역은 길이 하나밖에 없어. 한쪽은 내가, 다른 쪽은 피에트로가 공간 이동으로 와서 틀어막으면 싹 처치할 수 있어.

그랬다.

서문엽은 치고 빠지기로 네덜란드를 똑같이 괴롭혀 주겠다는 단순한 생각을 하는 게 아니었다.

6명을 통째로 해치워 버릴 구상을 하는 중이었다.

―내가 신호하면 피에트로는 3―2구역의 서쪽 방면 길목으로 온다. 나머지는 샌더 반 바트 무리가 이쪽으로 도우러 오지 못하게 싸움을 걸어.

―알았어.

서문엽은 잇달아 투창을 날려서 네덜란드의 본대를 위협했다.

네덜란드의 본대 6인은 그의 의도대로 3구역으로 이동했다. 그들로서는 서문엽이 몸을 숨긴 채 접근했다가 기습하는 것을 가장 두려워했다.

길이 하나뿐인 3―2구역이라면 서문엽의 접근을 쉽게 알아차릴 수 있다고 판단했다.

그러나 잠시 후.

파앗!

서쪽 방면의 길목에 피에트로가 나타났다.

파파파파파파팟!

여태껏 오러를 아끼고 있던 피에트로는 마법진 13개를 유감없이 펼쳐 보였다.

"이런!"

"일단 피해야⋯⋯!"

네덜란드 선수들은 피에트로의 초능력 공격 범위에서 빠져나가기 위해 발길을 돌렸다.

그러나 반대편에서는 서문엽이 무서운 기세로 돌진하고 있었다.

한쪽은 피에트로.

다른 쪽은 서문엽.

도망칠 곳은 없었다.

"제기랄, 그냥 싸워!"

"마법진은 뚫기 어려워! 서문엽을 처치해!"

6명은 서문엽을 향해 일제히 달려들었다.

마법진에서 소환된 영령들이 쏟아져 나와 그들을 추격했다.

그들은 저 으스스한 잡귀 같은 것들에게 잡히기 전에 서문엽을 처치하고 빠져나갈 생각이었다.

그러나…….

뻐어어억!!

―서문엽, 2킬.

일격에 한 명이 죽었다.

창으로 찌르기를 펼치는 듯하다가, 충돌 직전 360도 회전하며 방패로 후려친 일격이었다.

단순한 테크닉이지만 엄청난 스피드로 펼쳐지면 더없이 고난이도의 공격이 된다.

일격부터 기선 제압을 한 서문엽은 창으로 허공을 수놓았다.

촤촤촤촤촤착!

민첩성 109를 모조리 끄집어낸 연속 찌르기!

"크헉!"

―서문엽, 3킬.

파앗!

서문엽은 힘껏 땅을 박차고 뛰어올랐다. 그리고 공중에서 계속 연속 찌르기를 이어나갔다.

─서문엽, 4킬.

네덜란드 선수들은 기가 질렸다.

인간 같지 않은 스피드로 쏟아지는 공격을 도무지 대적할 수 없었다.

하지만 뒤에서는 피에트로가 소환한 영령들이 그들은 덮치고 있었다.

─피에트로 아넬라, 1킬.
─피에트로 아넬라, 2킬.
─서문엽, 5킬.

6명은 순식간에 정리되었다.

한편, 같은 타이밍에 백하연 일행도 샌더 반 바트 일당을 공격했다.

그쪽은 5 대 4의 싸움이었는데, 샌더 반 바트가 '보호막'과 '화염창'을 병행하며 2킬을 추가하는 미친 활약을 벌였다.

하지만 6킬에 빛나는 샌더 반 바트의 활약은 백하연에 의해 멈춰졌다.

백하연이 달려들자 샌더 반 바트는 '보호막'으로 가로막았다.

팟!

순간 이동으로 보호막을 건너뛰고 코앞에 나타난 백하연이 검을 휘둘렀다.

하지만 샌더 반 바트는 거기까지 예상했다.

즉각 몸을 굴려 피하며, 다른 손으로 화염창을 빠르게 만들어 던졌다.

촤라락!

간발의 차.

백하연도 여기까지 예상하고서 화염창을 피했다.

동시에 채찍을 휘둘러 샌더 반 바트의 목을 휘감았다.

"커헉!"

그녀의 또 다른 초능력 로프로 인해 자유자재로 조종되는 채찍이 목을 꽉 졸랐다.

—백하연, 1킬.

네덜란드는 강했다.

샌더 반 바트가 백하연에게 데스됐지만, 싸움은 도리어 한국이 밀렸다.

그들이 현란한 스피드와 긴밀한 연계 공격으로 유벽호와 최혁을 연거푸 처치한 것이다.

채우현과 심영수만 남아서 열심히 저항하는 모습이었다.

'숫자는 우리가 하나 더 많았는데.'

백하연은 한숨을 푹 쉬었다. 삼촌의 고충을 알 것 같았다.

백하연도 합류해서 저항한 결과, 싸움은 한국의 승리로 돌아갔다.

피에트로가 공간 이동으로 나타나서 네덜란드의 잔당을 깡그리 정리해 버린 것이었다.

*　　　　*　　　　*

1세트, 5-0, 대한민국 승.

2세트, 3-0, 대한민국 승.

네덜란드는 치열하게 저항했다.

그들은 이나연, 조승호를 우선적으로 노려서 한국의 시야 확보를 차단했고, 그 뒤에 거의 총력전으로 한국에 견제 플레이를 퍼부었다.

이나연과 조승호 등 주변 감시를 해줄 수 있는 선수가 없으면 견제에 대한 방어가 더없이 약해진다는 것을 파악당한 것이었다.

본래 한국 대표 팀은 네덜란드의 견제를 견뎌내고서 후반에 한 타 싸움으로 승부를 본다는 전략적 취지를 갖고 있었다.

후반에 이르면 결국 양 팀이 한자리에 모여서 한 타 싸움을 할 수밖에 없기 때문에 세운 전략이었다.

그런데 이를 전혀 수행하지 못했다.

예상치 못한 취약점이 발견된 탓이었다.

다행히 2세트는 1세트와 비슷한 패턴으로 한국이 승리했다.

사냥 포인트 잘 먹고 성장한 서문엽이 피에트로와 함께 어떻게든 해결하는 쪽으로 콘셉트가 바뀌어 버린 것이 문제이긴 했지만 말이다.

3승으로 C조 1위를 차지하면서 16강 진출이 확정됐지만, 대표 팀은 반성하는 시간을 가졌다.

"개개인의 역량에서 떨어지는 것은 사실이나, 사실 이 정도까지 밀릴 정도로 격차가 있는 것은 아닙니다."

라이너 하임 코치가 근본적인 원인을 진단했다.

"문제는 연계 플레이가 아직 미숙하다는 점입니다. 사전에 훈련했던 상황에서는 연계 플레이가 잘 이루어지는데, 예상치 못한 상황에서는 연계가 이루어지지 않고 개인플레이로 가는 경향이 있습니다."

"그렇긴 했지."

백제호도 동의했다.

실력 문제보다는 한국 선수들이 당황하는 모습이 너무 자주 보였다.

대표 팀에 경험이 부족한 어린 선수들이 많은 탓도 있었다.

사실 그것도 실력이라고 봐야 하긴 하지만 말이다.

'저 녀석이 너무 의욕이 없는 것도 문제였지.'

백제호는 남몰래 피에트로를 노려보았다.

경기 내내 따로 오더가 없으면 아무것도 안 하는 허수아비 같은 피에트로가 거슬렸다.

피에트로가 의욕이 있었다면 적의 습격을 적극적으로 막아낼 수도 있었을 것이다.

그런데 서문엽이 따로 지시하는 게 없으면 도무지 안 움직였다. 스스로 일을 안 하는 짜증 나는 부하 직원을 둔 느낌이었다.

하지만 피에트로의 그런 태도는 서문엽을 포함하여 모두들 묵인했다. 싫은 사람을 억지로 데려온 느낌이 강했기 때문이다. 워낙에 베일에 싸여 있는 인물이라 아무도 안 건드리는 분위기였다.

"16강전은 예상치 못한 상황이 더 많을 겁니다. 인도는 너무 변칙적인 팀이니까요."

월드컵 본선 대진표가 추첨으로 완성되었다.

한국의 16강 상대는 H조에서 2위로 올라온 인도.

초인 숫자가 가장 많아 초인 대국 소리를 듣던 인도는 지금껏 월드컵에서 16강에 올라가본 적이 없었다.

그렇게 체면을 구겼던 인도가 마침내 월드컵 본선에 등장한 것이다.

그 일등공신은 7영웅의 멤버이자 타락한 영웅으로 불렸던 칸 아르얀이었다.

"칸 아르얀의 '맹독'이 이렇게 다양하게 쓰일 줄은 몰랐습니다. 인도는 월드컵 역사상 가장 특이한 팀일 겁니다."

서문엽은 YSM에서 칸 아르얀의 '맹독'을 적극적으로 활용했다. 개리 윌리엄스와 이나연 등 활잡이들에게 독화살을 주어서 공격력을 강화시킨 것.

인도 대표 팀은 서문엽의 이 발상을 적극적으로 채용했다.

활을 무기로 쓰는 원거리 딜러만 무려 4명.

거기다가 수리검을 무기로 쓰는 원거리 딜러도 있었다.

수리검 수십 개를 한꺼번에 던져서 사방을 뒤덮는 공격은 위협적이기 짝이 없었다. 그 수리검들에 전부 맹독이 발려 있었기 때문이다.

탱커들도 날카로운 가시가 돋친 방패를 사용했다. 그 가시들에 모두 맹독이 발려 있는 것은 물론이었다.

그야말로 맹독을 철저히 활용하는 전략으로 인도는 월드컵 H조에서 돌풍을 일으켰다.

변칙으로 가득한 인도 대표 팀은 어쩌면 한국 대표 팀에게 가장 까다로운 팀인지도 몰랐다.

제7장
살의

상담실.

닫힌 커튼 틈새로 햇살이 은은하게 들어왔다.

상담실답게 마음이 편안해지는 곳이었다.

"와, 여기 편하네요."

서문엽은 소파에 몸을 파묻었다.

머리숱이 별로 없고 나이 든 정신과 상담의가 그를 바라보며 웃어 보였다.

"허허, 그렇다고 주무시면 안 됩니다."

"잠이 좀 오려고 하는데 참겠습니다."

오늘은 서문엽이 정신과 상담을 받는 날이었다.

배틀필드 선수는 누구나 정기적으로 상담을 통해 멘탈 케어를 받아야 했는데, 서문엽도 예외는 아니었다.

"월드컵에서의 활약은 잘 봤습니다. 네덜란드전에서도 대단하시더군요."

"제가 잘하긴 했죠."

서문엽은 고개를 끄덕이며 자화자찬했다.

경기 내용에 대한 이야기를 주고받다가, 문득 상담의가 물었다.

"배틀필드를 하면서 느끼시는 어려움이 있습니까?"

"예, 있습니다."

"솔직하게 말씀해 보세요."

"우리 팀 애새끼들이 너무 못합니다."

너무 솔직했다.

"아니요, 팀 문제 말고 개인적으로 느끼는 정신적 문제를 묻는 겁니다."

"그러니까요. 그게 제 정신에 얼마나 큰 피해를 입히는데요."

"혼자 많은 역할을 해야 해서 부담감을 느끼십니까?"

"그런 건 아니고요."

서문엽은 단호히 말했다.

부담 같은 건 느껴본 적이 없었다.

전쟁 시절에도, 지금도 세상의 존망을 짊어지고 있지만, 그

때문에 부담을 느끼는 성격이 아니었다.

애당초 의무감이 별로 없었다.

도전 정신이 불타오를 뿐, 기본적으로 내가 못하면 세계가 위험하다는 영웅 심리가 없었다. 해보고 안 되면 세계가 멸망하건 말건 별수 없다는 꽤 가벼운 생각을 갖고 있었다.

세계의 존망을 짊어진 부담도 없는데, 하물며 월드컵이야 그냥 놀이일 뿐이었다.

"누가 제일 세냐를 겨룰 거면 그냥 천하제일 무술대회 같은 걸 하지 왜 11명이서 하는 팀 스포츠를 만들겠습니까?"

"그야 물론입니다. 어디까지나 배틀필드의 취지가 있는 것이니까요."

초인의 힘을 함양(涵養)하여 언젠가 다시 있을지 모르는 재앙에 대비한다.

알고 보면 서문엽은 배틀필드의 취지대로 재앙에 착실히 대비하고 있는 사람이었다.

"호흡이 척척 맞아서 연계 플레이를 펼치는 맛이 있어야 하는데, 어째 저 혼자 싸우는 기분이 강합니다. 이러면 팀 스포츠로서의 의미가 없잖아요?"

"팀원들의 아쉬운 실력 탓에 본인이 데스당하는 상황에 몰리는 것에 대해 스트레스를 받으실 수도 있겠군요?"

상담사가 서서히 '데스'로 이야기를 접근했다.

서문엽은 어깨를 으쓱했다.

"저 요즘 데스 안 당한 지 오래됐잖아요. 너무 저 혼자 설치는 것 같아서 찜찜할 뿐이죠."

"그렇군요. 그럼 화제를 돌려서 데스에 대해 이야기해 봅시다."

"그러죠."

"사실 배틀필드를 상당히 위험한 스포츠입니다. 상대가 무기를 들고 자신을 죽이려 한다는 적의를 받는다는 것은 상당한 스트레스를 받는 일입니다. 그래서 일반인에게는 배틀필드가 절대로 허용 안 되지요."

"음······."

"비록 고통을 느끼기 전에 접속이 끊긴다고 해도, 죽음을 유사 체험한 것이나 같은 효과를 가집니다. 서문엽 선수도 배틀필드를 하면서 수없이 공격을 받으셨지요?"

"예."

"그럴 때마다 위협을 느끼십니까?"

"간혹?"

"자세히 말씀해 보세요."

"공격을 받을 때 대개는 '저건 막을 수 있겠다', '저건 피할 수 있겠다' 이렇게 견적이 나옵니다. 그런데 그런 견적이 안 나오는 공격에 대해서는 위협을 느끼죠."

그 위협의 대상이 요즘 매일 연습 삼아 싸우는 거대한 뱀이라고는 차마 고백할 수 없었다.

"그럴 땐 어떻게 하십니까?"

"뭘 어떡해요. 죽기 전까지 최선을 다하죠. 뭐라도 공격 한 방을 더 먹이고 데스되려고 노력합니다."

"막을 수 없는 공격을 받는 순간, 자신이 죽을 거라고 정신은 인지하죠. 데스를 당한다는 것은 서문엽 선수에게도 스트레스일 겁니다. 그렇지 않나요?"

"예, 스트레스를 받죠."

서문엽은 부득부득 이를 갈며 말을 이었다.

"말이 나와서 말인데, 배틀필드는 선수를 너무 과보호하는 게 아닙니까?"

"…예?"

"죽을 정도의 공격이 아닌데도 데스 판정을 받고 그냥 접속이 끊깁니다. 분명 그 정도는 참고 싸울 만한데도 말이죠. 제가 한 번 죽어봐서 아는데, 죽을 각인지 아닌지는 기가 막히게 잘 안다고요. 배틀필드는 그런 것 때문에 너무 맥 빠집니다. 처절하게 싸우겠다 싶으면 그냥 데스 처리돼서 끝납니다. 이게 얼마나 스트레스인데요?!"

상담사는 내심 당황했다.

배틀필드 선수들은 누구나 데스에 익숙했다. 그걸 두려워해서는 프로 선수로 생활할 수 없기 때문이다. 정신적으로 일반인보다 더 강하기 때문에 스트레스에 잘 견디기도 하고 말이다.

하지만 선수들도 누구나 데스를 당하면 스트레스를 받는다.

그들도 인간이기에 그런 정신적 충격이 쌓이고 쌓이면 더는 견딜 수 없는 정도에 이른다.

그 때문에 외상 후 스트레스 증후군에 시달릴 정도까지 심화된 초인은 거의 없지만, 정신적 피로감은 쌓이고 쌓여서 결국 선수 생활 은퇴를 하게 된다.

그 스트레스의 정체는 바로 두려움.

유사 죽음 체험이라는 특수한 경험이 누적되면 두려움이 쌓이게 마련이었다.

그런데…….

'무슨 사람이 두려움이 조금도 안 보이지?'

상담받는 선수가 아무리 강한 체해도 상담사에게는 그들이 숨기려 하는 두려움이 보인다. 그런데 서문엽은 그런 게 전혀 안 보였다.

"서문엽 선수는 최후의 던전에서 죽음에 가까운 위기를 겪어보셨습니다. 그렇기 때문에 배틀필드에서 데스의 위기에 처하면 더욱 충격을 받을 수 있을 텐데요?"

"아, 그게 말이죠."

서문엽은 대수롭지 않다는 듯이 말했다.

"그때 죽기 직전까지 갔잖습니까. 옆구리 크게 찔리고, 시신경도 고장 났는지 앞도 안 보이고, 감각이 없어서 고통은 안 느껴졌는데 피가 점점 빠져나가니까 서서히 힘이 없어지고."

"허어, 무서운 경험이었겠군요."

그렇게 말하면서도 상담사는 떨떠름한 표정을 지우지 못했다.

그 정도의 일을 상세하게 기억하고 있다는 점은 자아를 보호하는 방어기제가 일어나지 않았다는 뜻이었다. 죽음에 달하는 경험조차 서문엽에게는 자아를 위협받을 정도의 충격이 아니었던 것.

"무섭긴요. 죽음이 이 정도구나 하고 알게 되니까 그 뒤로는 죽는 게 안 무섭던데요. '불사' 초능력을 얻은 탓인가 싶기도 하고."

상담사는 말도 안 되는 저 말을 믿는 수밖에 없었다.

'감각 추구 성향이 있는 것 같은데, 머릿속에 공포가 조금도 없는 것 같다. 이게 가능한 일인가?'

감각 추구 성향은 위험을 감수하고 새롭고 복잡한 경험을 추구하는 성향을 뜻했다.

그가 본 서문엽은 영락없이 신체적 위험을 감수하며 감각을 추구하는 경향이 짙었다.

수상스키, 등산 같은 건강한 활동으로 충족하지 않으면 반사회적 행동이나 알코올, 약물 중독 등의 부정적인 결과로 나타날 수 있었다.

'지금은 배틀필드를 하고 있어서 그런 충동을 충족하는 것

같군.'

배틀필드보다 훨씬 더 짜릿한, 인류의 존망을 건 스릴을 경험하고 있다는 것을 상담사는 알지 못했다.

*　　　*　　　*

"상담을 받고 왔어?"

"오냐."

"제대로 성실하게 받았지?"

"아, 그렇다니까."

백제호는 신신당부했다.

"여태 한 번도 상담을 안 받았다고 해서 깜짝 놀랐다."

"나처럼 정신이 건강한 사람이 어디 있다고 굳이 심리 상담 같은 걸 받아?"

서문엽의 말에 백제호는 단호하게 답했다.

"아냐, 넌 누구보다도 심리 상담을 받아야 해."

"거참, 누구를 사이코패스 취급하는 거야? 난 그저 어릴 때 학대 좀 받았고, 14살 때 살인을 했고, 흉기 들고 던전에서 싸우고 다녔을 뿐이라고."

"…난 네가 뉴스에 나올까 봐 늘 두렵다."

누구보다도 서문엽과 오래 지냈던 백제호라서 더욱 걱정이 많은지도 몰랐다.

정기적으로 상담받으라고 백제호에게 신신당부를 받은 서
문엽은 대충 알았다고 대답하고는 트레이닝 룸으로 향했다.

그곳에서 또한 과격하기 짝이 없는 강도의 훈련을 시작했
다.

몸을 격렬하게 움직이면서도, 머릿속으로는 시각적 이미지
를 오러에 담는 상형 언어를 수련했다. 몸과 정신을 동시에 혹
사시키는 무시무시한 훈련이었다.

오직 정신력이 111에 달한 서문엽만이 소화할 수 있는 자기
학대. 그러나 그 덕에 능력치는 꼬박꼬박 오르고 있었다.

—대상: 서문엽(인간)

—근력 91/95

—민첩성 110/111

—속도 100/101

—지구력 102/103

—정신력 111/112

—기술 108/109

—오러 111/112

—리더십 100/101

—전술 100/101

—초능력: 분석안, 던지기, 불사, 증폭, 영혼 연성

민첩성, 지구력, 오러가 각각 1씩 늘었다.

'역시 육체랑 오러를 동시에 훈련하는 게 효과가 컸다!'

서문엽은 단시일에 오른 자신의 능력을 보며 기뻐했다.

한 가지 일에만 몰두하는 것은 쉬운 일이었다.

동시에 하면 난이도가 확 올라간다.

하지만 실전에서는 몸을 움직이면서 오러 컨트롤도 함께해야 했기 때문에, 육체와 오러를 함께 훈련하는 것이 옳았다.

이처럼 서문엽은 훈련을 하면서 계속 강도를 더 높일 아이디어를 첨가했다.

그럴수록 강해지는 속도도 점점 빨라졌고 말이다.

'그런데 이제 상형 언어는 완전히 익숙해졌구나.'

지저인의 의사소통 방식인 표음, 상형, 표의 언어 중 2가지를 마스터했다.

표음 언어야 성대에서 나오는 소리만 오러에 실으면 되니 쉬웠는데, 상형 언어는 머릿속에 떠올린 시각적 이미지를 오러에 싣는 일이라 쉽지 않았다.

하지만 이제는 지저인이라도 된 것처럼 능숙해졌다.

아무래도 상형 언어를 실전에서 상대를 속이는 용도로 많이 써먹은 덕에 금방 실력이 늘었다.

너무 익숙해져서 더 이상 상형 언어 가지고는 오러 컨트롤 수련이 되지 않는다고 느꼈다.

'좀 더 어려운 훈련이 필요한데.'

―서문엽 님이 표의 언어까지도 가능하다는 것을 알게 되었으니 큰 성과로군요.

지저인 언어를 가르쳐 주었던 '하인'의 말이 떠올랐다.

그때 우연이지만 서문엽은 시각적 이미지에 감정까지 실었다고 했다.

감정을 전달하는 것은 오직 표의 언어만이 가능한 일이라고 했다.

'그래, 한 번 연습해 보자. 하다 보면 되겠지.'

서문엽은 표의 언어도 연마해 보기로 했다.

인간이 하다못해 고위 등급의 지저인만 할 수 있는 표의 언어까지 도전하는 것은 말도 안 되는 일이었지만, 이미 무기 영체화까지 터득한 바 있는 서문엽은 이번에도 불가능하다고 생각지 않았다.

어떻게 훈련할까 고민하다가, 서문엽은 자신의 창을 한 자루 가져왔다.

'살의(殺意)를 오러에 담아서 창에 실어보자.'

창에 오러를 실어 찌르는 것은 어느 초인이나 할 수 있는 일.

하지만 거기에 상대를 죽이겠다는 감정까지 담으면 어떻게 될까?

어찌 될지 알 수는 없지만 무조건 시도해 보는 서문엽이었
다.

이윽고 새로운 훈련이 시작되었다.

파앗! 팟!

몸은 계속 좌우로 왔다 갔다 빠르게 왕복하며 민첩성과 지
구력을 훈련했다.

동시에.

쉬쉬쉬쉭!

좌우로 왕복하면서 창을 마구 찌르며 기술을 훈련했다.

그와 함께 살의를 오러에 실어서 창에 전달하는 표의 언어
훈련까지 더한다.

동시에 네 가지 능력치를 수련!

아니, 그런 엄청난 강도의 훈련을 견디며 계속하니 정신력
까지 포함해 총 5가지가 수련된다고 봐야 했다.

천하의 서문엽이라도 금방 지치는 훈련법이었다.

이를 악물고 계속했다.

그리고 몇 시간 후…….

*   *   *

몇 시간째 쉬지 않고 혹독한 훈련에 매진하고 있을 때였다.

[너냐?]

훈련 도중 뜬금없이 피에트로의 목소리가 들려왔다.

서문엽은 주위를 둘러보았는데, 피에트로가 대체 어디서 말을 전달한 건지 보이지 않았다.

파앗!

피에트로가 공간 이동으로 나타났다.

"너 방금 어디서 말한 거야?"

서문엽이 궁금해서 묻자 피에트로가 답했다.

"내 숙소. 인근에만 있으면 어디든 말을 전달할 수 있다."

"그게 가능하다고?"

음성을 오러에 담아서 멀리 떨어진 서문엽에게 전달했다.

지저인의 언어 전달법을 익힌 서문엽은 그게 얼마나 난이도 높은 기술인지 알 수 있었기 때문에 경악했다.

'천재, 천재 하더니 정말 대단한 놈이긴 했구나.'

"근데 왜 왔어?"

"누군가가 계속 표의 언어를 퍼뜨리고 있기에 주변에 지저인이 있나 인기척을 살폈는데 없더군."

"응? 정말로?"

서문엽은 화색이 되었다.

"내가 계속 표의 언어를 시도하고 있었는데 그게 들렸단 말이지?"

"두 번 감지되더군. 살의를 품고 있는 감정이었다."

"그래, 그거야."

창을 찌르면서 수없이 시도했는데 그중 성공 횟수가 겨우 두 번인 모양이었다. 물론 실망할 일은 아니었다. 오히려 성공을 하긴 했다는 점에서 이 훈련이 잘못되지 않았다고 확신하게 되었으니까.

피에트로는 고개를 갸웃거렸다.

"희한하군. 말은 들었지만 정말로 인간이면서 표의 언어까지 가능할 줄이야."

피에트로는 정말로 희한한 놈을 다 보겠다는 표정으로 서문엽을 바라보고 있었다.

"네놈한테 희한하다는 소리는 듣고 싶지 않은데. 아무튼 잘 왔다. 온 김에 내 훈련이나 좀 봐줘."

"그러지."

피에트로는 가만히 서서 서문엽이 하는 양을 지켜보았다.

서문엽은 훈련을 재개했다.

신속하게 좌우로 왕복하면서 창을 찔렀다.

연속 찌르기를 펼치면서 살의의 감정을 오러에 실어 창끝에 불어넣는다.

잠시 후, 서문엽은 아무 말도 없는 피에트로에게 물었다.

"어땠어?"

"뭔가를 하려고 했다는 것은 알겠군. 하지만 표의 언어는 결과적으로 발동되지 않았다."

"뭐가 문제인지 알겠어?"

"간단하다. 싣는 것은 성공했지만 표현하는 데는 실패한 거지."

"…감정이 실리긴 했는데 그게 표현이 안 돼서 실패했다는 소리지?"

"그렇다."

"감정을 싣는 것과 표현하는 것까지 메커니즘이 2가지로 나뉘는 줄은 몰랐는데."

감정을 싣는 데만 몰두했던 서문엽으로서는 당황스러운 이야기였다.

"두 가지는 동시에 이루어진다. 정확히는 오러로 표현될 수 있도록 정제된 감정을 싣는다고 해야 하지. 내가 볼 때 너는 그냥 살의를 품고 창을 휘두르고 있을 뿐이다."

"정제된 감정을 싣는다고? 아오, 씨발! 점점 어려워지네."

명쾌하게 이해할 수가 없어서 서문엽은 짜증을 터뜨렸다.

"감정을 글로 표현한다고 생각하면 쉽다. 문자는 감정을 있는 그대로 고스란히 나타낼 수가 없지."

"말뜻은 알겠는데 그러니까 더 어려워지는데. 오러로 표현되려면 감정을 어떻게 다듬어야 한다는 거야?"

"생각보다 쉽다. 넌 벌써 두 번이나 성공했으니까."

그러면서 피에트로는 서문엽의 창을 가리켰다.

"무기로 표현했기 때문에 성공한 거다. 살의를 무기로 표현했으니 절묘하게 맞아떨어진 셈이지."

"아!"

서문엽은 그제야 실마리를 발견한 눈치였다.

창술이 대가의 경지에 이른 서문엽이 창에 살기를 담는 것은 어렵지 않았다.

자신의 감정을 무기를 통해 표현하는 것은 무기술의 극에 달하여야만 가능한 일인데, 서문엽은 바로 그런 경지에 오래전에 도달한 사람이었다.

감을 잡고 있는 서문엽에게 피에트로가 설명했다.

"감정을 오러에 실은 뒤, 그것은 창에 불어넣는 방식을 했기 때문에 계속 실패한 거다. 감정을 오러에 싣는 것도 창에서 이루어진다고 생각해라."

"머리가 아니라 창에서 감정이 나온다고 생각하란 말이지?"

"금방 알아듣는군."

"오케이! 감 잡았어!"

서문엽은 훈련을 속행했다.

왼쪽으로 전력 질주한 뒤에, 급정지하며 창을 힘껏 내질렀다.

스악!

창끝은 정확히 트레이닝 룸의 벽에 닿을 듯 말 듯한 위치에서 정지했다.

화악, 하고 창에 실려 있던 오러가 퍼져 나갔다.

서문엽은 그 한 번의 찌르기에서 무언가 다른 감각을 느꼈다.

'이 느낌은 뭐지?'

평생 창을 썼지만 한 번도 느껴보지 못했던 기이한 손맛을 느꼈다.

창이 공기를 꿰뚫고, 공간을 찌른 느낌.

"성공했군."

피에트로가 입을 열었다.

"그것도 아주 훌륭하게."

서문엽도 알고 있었다.

이건 분명히 성공이라고, 느낌이 말해주고 있었으니까.

그 뒤로 서문엽의 훈련은 계속되었다.

창에서 나는 소리부터가 전과 달랐다.

삭! 스악!

처절한 파공성과 함께 창이 질주했다.

창끝에서 살의가 터져 나왔다.

서문엽은 흥이 났다.

표의 언어는 성공이었다.

창이라는 매개체를 이용해야 간신히 살의를 전달할 수 있는 정도지만, 애당초 인간이 표의 언어에 성공했다는 것 자체가 기적 같은 일이었다.

서문엽이 계속 표의 언어에 성공하는 것을 본 피에트로는 조용히 사라졌다.

한참 동안 훈련에 취해 있던 서문엽은 체력이 전부 고갈되고 나서야 중단했다.

힘들지만 즐거운 훈련이었다.

한 차원 더 높은 경지의 창술을 익혔다는 성취감!

서문엽은 오늘 자신이 완전히 새로 거듭났다는 느낌을 받았다.

그리고 거울을 통해 분석안을 봤더니 놀라운 결과가 나타났다.

—대상: 서문엽(인간)

—근력 91/95

—민첩성 110/111

—속도 100/101

—지구력 102/103

—정신력 120/121

—기술 119/120

—오러 123/124

—리더십 100/101

—전술 100/101

—초능력: 분석안, 던지기, 불사, 증폭, 영혼 연성

기술이 108에서 119으로 무려 11이나 상승해 있었다.

어디 그뿐인가?

오러는 111에서 123으로 12나 올랐다.

단 하루 만에 말이다!

놀라운 것은 정신력까지 111에서 120으로 9 올랐다는 사실이었다.

'표의 언어가 정신력에 영향을 끼친 모양이다.'

단시간에 이 정도로 성장한 것은 처음이었다.

기술도 오러도 전투의 근간이 되는 능력치였으므로 오늘의 성장은 서문엽을 아주 강하게 만든 셈이었다.

정신력도 마찬가지였다.

정신력의 성장은 초능력 '증폭'에 영향을 끼쳤다.

—증폭: 가진 능력 가운데 하나를 골라 위력을 증폭시킨다. 신체 능력 중 하나를 고를 시 +20, 초능력을 고를 시 위력 강화.

'증폭'이란 초월적인 집중력으로 특정 능력을 극대화시켰던 현상이 초능력으로 정착한 것이었다.

그 근간인 정신력이 오르자 '증폭'은 말도 안 되는 위력으로 업그레이드되었다.

+20.

기존의 +10에서 2배로 껑충 뛴 것이다.

근력을 증폭시키면 111이 되고, 민첩성을 증폭시키면 무려 130이 된다는 뜻이었다.

오러를 증폭시키면 무려 143이 된다.

'완전히 괴물이 되었잖아?'

자신이 이렇게까지 강해질 수 있다니 경이를 느꼈다. 옛날에는 상상도 못 했던 일이었다.

"'증폭'이 더 강해졌다면 다른 초능력을 증폭시켰을 때 나오는 효과도 더 업그레이드되는 게 아닐까?'

'분석안'을 증폭시키면 리더십, 전술 항목도 볼 수 있으며, 실시간 영상 매체로도 작동된다.

'던지기'를 증폭시키면 던진 창을 되돌아오게 할 수 있다.

'불사'를 증폭시키면 영체로 변신하게 된다.

'영혼 연성'의 경우는 증폭이 되지 않아서 아쉬웠다.

이제 업그레이드된 증폭으로 '분석안', '던지기', '불사'를 증폭시켜 보기로 했다.

'일단 분석안 증폭!'

분석안을 증폭시켜 보았다.

증폭된 분석안으로 거울을 보니, 변화가 생겼다.

─분석안(증폭): 살아 있는 대상의 능력치를 보고 움직임을 예측할 수 있다. 영상 매체를 통해서도 볼 수 있다.

증폭된 분석안의 효과가 추가되었다.

'움직임을 예측할 수 있다고?'

서문엽은 입을 쩌억 벌리며 경악했다.

분석안으로 상대의 움직임을 미리 예상한다면, 그야말로 무적이나 마찬가지 아닌가?

'미쳤다. 이제 난 정말 무적이다.'

잘만 활용하면 거대 뱀과 싸울 때도 도움이 되겠다 싶었다.

다음은 '던지기'를 증폭시켜 보았다.

증폭된 '던지기'는 특별히 달라진 게 없었다.

'왜 변한 게 없지? 혹시 위력이 더 강화됐나?'

당장 창을 던져보고 싶었지만 이곳에서는 초능력을 실험해 보기 부적절했다. 나중에 던전에 접속하면 증폭된 '분석안'과 같이 한 번 테스트해 보기로 했다.

마지막으로 '불사'를 증폭시켜 보았다.

파아아앗!

서문엽은 영체로 변신했다.

'에너지가 더 넘치는 것 같다!'

순수 오러로 이루어진 영체의 에너지가 전보다 훨씬 강해졌다는 것이 체감되었다.

그리고 분석안으로 봐도 달라진 점이 또 있었다.

─불사(증폭): 200초간 오러로 이루어진 영체가 되어 모든 공격을 무효화하고 모든 사물을 통과한다.

영체 상태를 유지할 수 있는 시간이 200초로 대폭 늘어났다.

오러 수치의 상승도 영향을 끼쳤지만, '증폭'의 위력 강화도 큰 몫을 한 듯했다.

'이렇게 강해지다니.'

기술과 오러의 상승.

그리고 증폭의 위력 강화.

서문엽은 불과 하루 만에 엄청난 성장을 했다.

'이런 식으로 계속 강해진다면 거대 뱀과도 싸워볼 만하겠는데?'

혹독한 훈련에 지쳤음에도 몸이 근질거렸다. 거대 뱀과 싸워보고 싶었다. 얼마나 강해졌는지 직접 확인해 보고 싶었다.

서문엽은 생각난 김에 피에트로를 찾아갔다.

"야, 한국에 잠시 다녀오자. 그 뱀 대가리랑 한판 붙고 싶다."

"그러지."

공간 이동으로 함께 강화도에 있는 YSM 클럽하우스에 갔다.

꽁꽁 숨겨놓았던 괴물 창을 꺼내 무장하고서 접속 모듈에 들어갔다.

*   *   *

어떤 식물도 자라지 못하는 황무지.

그곳에 머리를 치켜들면 하늘에 닿는 거대한 뱀이 언제나처럼 군림하고 있었다.

—대상: 뱀(괴물)
—근력 40,318/40,318
—민첩성 1,001/1,001
—오러 20,172/20,172
—약점: 없음.

다시 봐도 미친 능력치였다.

꿀렁거리며 몸을 움직일 때마다 거대한 산맥이 통째로 움직이는 듯한 느낌을 들게 하는 희대의 괴물.

"평소대로 내가 먼저 시작하나?"

피에트로가 물었다.

서문엽은 고개를 저었다.

"아니, 내가 먼저 상대해 볼게. 실험해 볼 게 좀 있어서."

"마음대로."

서문엽이 앞으로 나섰다.

증폭된 분석안으로 계속 뱀을 주시했다.

움직임을 예측할 수 있다는 증폭된 분석안의 새 효과가 어떻게 작용할지 궁금했다.

'본래는 민첩성을 증폭시켜야 간신히 피할 수 있었는데, 어

디 한 번 분석안으로 승부해 보자.'

서문엽은 뱀에게 달려들기 시작했다.

평소처럼 피에트로가 먼저 나서서 주의를 끈 게 아니었기 때문에, 뱀은 금세 서문엽을 발견했다.

쉬익.

뱀이 고개를 돌려 서문엽을 보았다.

불꽃처럼 빛나는 노란 눈동자 한 쌍.

혀를 날름거리며 서문엽을 한입에 삼킬 먹잇감으로 인식한다.

그런데 그때였다.

꿈틀.

꼬리가 움직이는 것이 보였다.

분명 뱀은 가만히 있었는데, 불투명한 잔상으로 꼬리가 움직이는 것을 보았다.

바로 증폭된 분석안의 새 기능, 예측이었다.

서문엽은 곧장 점프했다.

팟!

쿠우우웅!!

거의 동시에 꼬리가 지면을 후려쳤다.

콰르릉!

지진이 일어나고 지면이 부서졌지만, 서문엽은 멀쩡히 공중에 머물러 있었다.

'피했다!'

민첩성을 증폭시키지 않고도 피해냈다.

본래는 뱀이 공격을 시도하는 걸 확인하고 피하는 방식이었는데, 아예 공격하기 전에 미리 알고 피하니 훨씬 더 수월하게 회피해 냈다.

다음 움직임도 보였다.

뱀은 꼬리부터 똬리를 틀어서 만든 거대한 동굴 안에 서문엽을 가두려 했다.

미리 알아챈 서문엽은 재빨리 불사를 증폭시켜서 영체로 변한 뒤 하늘로 비행했다.

똬리를 트는 것과 서문엽이 솟구쳐 올라 탈출하는 것이 동시에 이루어졌다.

다시 변신을 풀고, 분석안을 증폭시켰다.

이번엔 뱀이 아가리를 벌리고 달려드는 잔상이 보였다.

공중에서 몸을 비틀며 방향을 바꿨다.

터엉!!

아슬아슬하게 뱀이 빈 허공을 깨물었다.

'된다! 통한다!'

서문엽은 희열을 느꼈다.

제8장

명상

뱀의 민첩성은 서문엽의 약 9배.

뱀이 공격을 시도하는 것을 눈으로 확인한 뒤에 피하려 하면 이미 늦는다.

낌새를 알아채고 미리 움직여야 하는데, 너무 일찍 피하면 뱀이 그것을 보고 수정된 공격을 가한다.

저 엄청난 몸집에도 불구하고 민첩성이 1,001이라는 것은 맞서는 입장에서는 지옥과 같다.

하지만 서문엽은 뱀과 많이 싸워보면서 공격 패턴을 모두 파악했다.

신체 구조상 뱀의 공격 패턴은 단조로웠다. 꼬리를 휘두르거나, 직접 삼키거나, 이따금 온몸으로 덮치거나. 대체로 셋 중 하나니 알아차리기가 쉽다.

게다가 몸집이 너무 커서 그만큼 동선도 길다.

단순히 꼬리를 휘둘러도, 꼬리가 서문엽에게 도달하기까지 족히 수십 미터는 이동해야 하니까.

그럼에도 불구하고 너무 빨라서 정신을 바짝 차려야 했다.

'증폭된 '분석안'으로 미리 보니까 피하기가 한결 수월해졌다. 하지만 피하기만 해서는 대적할 수가 없는데.'

공격 수단은 오직 무기 영체화뿐.

영체화를 하려면 '불사'를 증폭시켜야 한다.

그러면 증폭된 '분석안'으로 뱀의 움직임을 미리 볼 수가 없어진다.

공격이냐 방어냐 둘 중 하나를 택해야 하는데, 둘 중 하나가 없어도 끝장이다.

고민 끝에 결정을 내렸다.

'두 가지를 거의 동시에 해야지. 카운터밖에 없다.'

뱀의 공격을 피하는 동시에 반격하는 수밖에 없었다.

즉 증폭된 '분석안'으로 뱀의 공격을 미리 확인한 뒤, 잽싸게 무기 영체화를 펼치며 피하고, 동시에 창으로 찌른다.

무기 영체화를 한순간에 펼쳐야 하는 고난도의 일이었다.

하지만 방법은 이것밖에 없다고 판단한 서문엽은 반드시 해내겠다는 결심밖에 머릿속에 없었다.

증폭된 분석안으로 뱀을 보았다.

잔상이 보였다.

뱀은 입을 쩌억 벌리고 자신을 집어삼키려고 했다.

이를 미리 확인한 서문엽은 위로 점프해 피하고, 놈의 주둥이 부위를 창으로 찌르기로 결심했다.

문제는…….

'녀석이 무기 영체화에 예민하게 반응하는데.'

뱀은 영체에 상당히 민감했다.

만인릉 황제에게 쓴맛을 톡톡히 본 탓에 영체의 기운에 두려움을 느낀다는 설정이 입력되어 있었기 때문이다.

아마 뱀은 입을 벌리고 달려드는 와중에도 무기 영체화를 보고 깜짝 놀라 피할지도 모른다.

놈의 민첩성이 서문엽의 9배이니 충분히 가능했다.

그렇다면 뭔가를 하나 더 해야 한다.

'시각적 이미지로 페인트를 주자.'

짧은 순간에 해야 할 일이 굉장히 많았다.

일단 시각적 이미지로 놈에게 한입에 삼켜지기 직전의 장면을 주어서 방심시킨다.

그러면서 동시에 피하고, 무기 영체화를 한 뒤에.

'창에 살의까지 실어서 찌른다. 거기까지 해야 해.'

시간이 없었다.

짧은 순간 복잡한 생각을 마친 서문엽은 즉각 움직였다.

일단 상형 언어!

상형 언어의 기법으로 뱀에게 시각적 이미지를 전달했다.

그리고 즉시 위로 도약해 피했다.

콰아악!!

아슬아슬하게 서문엽이 있던 자리를 깨무는 뱀. 다행히 시각적 이미지에 속아 서문엽을 놓쳤다.

동시에 서문엽은 무기 영체화를 펼치고, 창을 내질렀다.

표의 언어의 기법으로 창끝에 살의를 담았다.

콰직!

사람으로 치면 입술에 해당되는 부위를 찌르는 데 성공했다.

—크아아아아아!!

뱀이 몸을 뒤틀며 괴성을 질렀다.

반응이 꽤나 격렬했다.

깊숙이 박힌 창에 매달려 있던 서문엽은 뱀의 몸부림에 이리저리 흔들렸지만 용케 창을 끝까지 놓치지 않았다.

하지만 팔이 통째로 떨어져 나갈 것만 같았다.

'그렇다면!'

서문엽은 영체로 변신했다.

창과 함께 전신이 영체화된 서문엽은 뱀의 주둥이에 꽂힌 창을 비틀며 계속 밀어 넣었다.

죽어라.

죽어라!

창에 계속 투철한 살의가 실린다.

―크아아아!!!

뱀이 더 격렬하게 요동쳤다.

강한 몸부림에 결국 창이 뽑혀 나갔다.

서문엽은 정신을 바짝 차렸다.

곧 반격이 올 거다.

스쳐도 한 방에 즉사이니 정신 차려야 했다.

'응?'

그런데 예상과 달리 뱀은 공격해 오지 않았다.

오히려 뒤로 물러나 서문엽을 경계했다.

경계하는 것은 곧 두려워한다는 뜻이었다.

'놈이 나를 두려워해?'

수없이 싸워봤지만 놈이 두려움을 나타낸 적은 이번이 처음이다.

방금 공격이 통했다는 뜻이었다.

그것도 매우 아프게.

너무 큰 고통에 깜짝 놀랐기 때문에 뱀이 멀찍이 물러서서 서문엽을 신중하게 살피는 것이다.

괴물 창의 성능.

강화된 증폭으로 인해 무기 영체화의 힘도 강화된 점.

그리고 표의 언어를 통해 창에 살의를 실은 효과까지.

3가지 요소로 인해 강력해진 서문엽의 공격이 마침내 저 거대한 괴물로 하여금 두려움을 느끼게 만들었다.

'됐다!'

서문엽은 희열감을 느꼈다.

전보다 더 승산이 올라갔다.

이제야 적으로 하여금 자신을 두려워하게 만들었으니 말이다.

*　　　*　　　*

상당히 긴 시간 서문엽은 뱀과 일대일로 맞서 싸웠다.

물론 여전히 일방적인 결과였다.

뱀은 서문엽의 공격에 3번 당했지만, 의미가 있는 수준의 타격은 입지 않았다.

서문엽은 그 3번을 제외하고는 피하기만 하다가 데스당했다.

그래도 이긴 것처럼 기분이 좋았다.

"봤냐? 거의 한 시간 싸우는 거."

"정확히 47분 소요됐다."

"그래, 47분. 저런 괴물을 나 혼자서 47분이나 버틴 거잖아? 그 자식 나한테 쫄아서 쉽사리 덤벼들지 못했어."

그 말에는 피에트로도 동의했다.

"공격할 때마다 네가 미리 예측하고 피하고 반격한 게 주효했다. 공격을 시도하면 반격당한다는 걸 인식시켰지."

"이제야 비로소 싸움다운 싸움을 할 수 있게 됐다는 뜻이지. 한쪽이 일방적으로 패면 싸움이 아니잖아."

마치 이긴 것처럼 성취감을 느끼고 있는 서문엽에게 피에트로가 물었다.

"네 오러의 힘이 갑자기 강해진 것 같더군. 표의 언어를 일부 흉내 낼 수 있게 된 것만으로 그 정도의 발전이 나올 수는 없을 텐데?"

그 물음에 서문엽은 정신력이 강해져서 '증폭'의 효과 또한 강해졌다고 대강 설명해 주었다.

"정신력?"

"그래. 내 '증폭'은 고도의 집중력으로 육체 능력이 강화되는 원리로 각성한 초능력이거든. 표의 언어를 터득하고서 집중력이 더 좋아졌어."

"오러가 정신적인 영향을 많이 받는 것은 사실이지. 정신력이라……."

피에트로는 '정신력'을 되뇌며 뭔가를 골똘히 생각했다. 서문엽은 의아해서 물었다.

"왜 그러는데?"

"네 말은 정신력을 향상시킬수록 더 강해진다는 뜻으로 들리는군."

"음, 아마도?"

정신력 110이었을 때 '증폭'을 각성했다.

정신력이 120에 도달하자 '증폭'이 업그레이드됐다.

이 같은 흐름을 볼 때 정신력이 강해질수록 '증폭'도 강해진다고 볼 수 있었다.

다만 정신력은 모든 능력치 중 가장 올리기 힘들다는 게 문제였다.

'뚜렷한 훈련 방법도 없으니까.'

고통을 참으며 인내심을 발휘하거나 명상을 하는 등의 방법은 있긴 하지만, 정신력 향상으로 직결되는 훈련 방식은 아니었다.

뚜렷한 효과가 있는 훈련법이 있었더라면 슈란을 혹독하게 굴리다가 오히려 역효과를 보는 일도 없었으리라.

"정신력을 키우는 수련을 해볼 텐가?"

피에트로가 문득 물었다.

"그런 게 있으면 진즉에 했지."

"명상을 해보면 어떻겠나?"

"야, 명상 그거 옛날부터 많이 해봤는데 효과가 그리 좋지 않아."

"인간의 명상을 말한 게 아니다."

"응? 인간의 명상이 아니면 무슨……."

거기까지 말하다가 서문엽은 피에트로의 말뜻을 깨달았다.

—명상: 영령계로 접속해 선조의 영령과 감응한다.

피에트로의 초능력 중 하나로 떡하니 나와 있는 '명상'을 말하는 것이었다.

"영령계로 가는 그 명상?!"

"그렇다. 영령계에 머무는 시간과 갈 수 있는 깊이 등은 정신력과 깊은 연관이 있다. 우리에게 명상은 선조의 지혜를 구하는 목적도 있지만, 정신을 수양하는 목적도 있다."

"그걸 내가 어떻게 해? 난 인간이라고."

"나도 그렇게 생각했다. 그런데 표의 언어까지 쓰는 판에 명상이라고 못 할 건 없지 않나 하는 생각이 들더군."

"……"

듣고 보니 그도 그랬다.

이미 지저인의 언어 전달법 3가지를 다 하게 된 이상 보통 인간이라고 보기는 어려웠다. 심지어 능력치도 대부분 100을 넘기면서 인간 수준을 탈피했다.

하지만 서문엽은 경계심이 들었다.

"그건 정말 아니지 않냐? 너희 선조들이 있는 저승 같은 데라며? 내가 그런 데 가려고 시도했다가 정말로 저승으로 직행하면 어쩌게?"

그 물음에 피에트로도 쉽게 대답하지 못했다. 인간이 영령계에 접속한 적은 한 번도 없었기 때문에 그도 뭐라고 장담하지 못했다.

"일단 내가 동행하고, 만에 하나를 대비해 미리 조치를 취해둘 수는 있다."

"그래도 영 찜찜한데."

서문엽은 '불사'를 각성한 이래로 죽을 걱정을 한 번도 해본 적이 없었다.

하지만 '불사'도 한계는 있다.

―불사: 물리적 충격에 의한 죽음에 면역을 가진다.

무기, 독, 오러 등 물질적인 수단에 의한 죽음은 극복할 수가 있다.

하지만 영령계에 접속했다가 그곳에서 자아를 잃고 돌아오지 못하게 된다면, 그건 영적 충격에 의한 죽음이다. 영혼에 타격을 입는 죽음은 '불사'가 적용되지 않는다.

"정 싫다면 안 해도 된다."

피에트로도 더는 권하지 않았다.

서문엽은 갈등했다.

'위험하긴 한데, 확실히 정신력을 올리는 게 가장 빨리 강해지는 길이란 말이야.'

정신력이 오르면 '증폭'도 강해지고, '증폭'이 적용되는 모든 게 강해진다.

생환 전 정신력 100이었던 시절보다 생환 후 정신력 110이 되었을 때 훨씬 더 강해졌다. 그리고 정신력 120이 된 오늘은 그보다 한층 더 강해졌다.

저 거대 뱀을, 나아가 예언의 괴물을 이길 힘을 얻는 방법은 정신력을 올리는 길이 유일할지도 몰랐다.

갈등 끝에 서문엽은 고개를 끄덕였다.

"그래, 까짓것 해보자."

결국 서문엽은 위험을 무릅쓰는 일을 결코 사양하지 않는 성격이었다.

서문엽은 피에트로에게 채근했다.

"뭐 해? 내친김에 바로 시작하자고."

"좋다."

피에트로는 검지로 바닥을 가리켰다.

파앗!

바닥에 마법진이 나타났다.

"이 위에 앉아라. 영혼을 육신에서 떨어지지 않도록 붙잡아 두는 장치다."

사령이었다가 인간의 몸에 깃든 탓에 결속력이 약한 피에트로가 영령계에 갈 때 쓰는 마법진이었다.

영령계에서 왕을 만날 때도, 왕의 수작으로부터 영혼을 지키기 위해 이 마법진을 사용했다.

서문엽은 시키는 대로 마법진 위에 앉았다.

피에트로도 그를 마주 보며 앉았다. 서문엽과 함께 영령계에 접속하기 위해서였다. 서문엽을 혼자 영령계로 보내기에는 불안했으니까.

"이젠 어떻게 해야 하는데?"

"설명하기는 어렵다."

"그럼?"

"나도 명상을 처음 배울 때는 어른이 이끌어주어서 영령계에 다녀왔다. 그 뒤에는 자연히 할 줄 알게 되었지. 넌 인간이라서 자연히 터득할지는 모르지만, 적어도 내가 이끌어줄 수는 있을 것이다."

"오케이, 뭐가 됐건 한번 해보자고."

"눈을 감아라."

서문엽은 눈을 감았다.

피에트로는 서문엽의 손을 잡았다.

왜 손을 잡고 지랄이냐고 불쾌해하려는 찰나, 서문엽은 갑자기 의식이 어디론가 끌려가는 듯한 착각이 들었다.

'큭!'

깜짝 놀란 서문엽은 즉시 정신을 바짝 차리고 저항했다.

"저항하지 마라."

피에트로가 충고하고 나서야 서문엽은 아차 싶어서 사과했다.

다시 의식이 끌려가는 느낌이 들자, 이번에는 저항하지 않고 순응했다.

의식이 어둠 속에 잠겼다.

어둠이 점점 짙어지더니, 이윽고 어둡지도 밝지도 않은 묘한 느낌이 들었다.

눈에 보이지도, 귀에 들리지도, 촉각으로 느껴지지도 않았지만, 오감이 모두 막혀 갑갑하기보다는 오히려 해방감이 들었다.

좁은 육신에서 갇혀 있다가 마침내 탈출한 느낌.

[이, 이게 뭐지?]

오감이 모두 통하지 않는 세계.

[이곳이 영령계다.]

피에트로가 말했다.

*   *   *

저승이 이러할까 싶었다. 실제로도 지저인의 저승이라 할 수 있는 곳이긴 하지만.

보이지도 들리지도 만져지지도 않는 세계.

하지만 육감으로 모든 것이 느껴졌다.

가까이에 있는 피에트로의 존재도 느껴진다. 외모나 성격, 현재 감정 상태 등이 두루 저절로 알게 된다.

[와 씨, 되게 특이하네. 여기가 영령계냐?]

서문엽은 그렇게 질문해 놓고 스스로 놀랐다.

영령계에서는 의사소통 방식이 아예 자기 생각을 송두리째 상대에게 보여주는 듯한 느낌이었기 때문이다.

[그렇다.]

피에트로의 대답을 들었다.

피에트로의 생각이 밀려오는 느낌이었는데, 그는 서문엽과 달리 짧은 생각의 편린만 던져주는 듯한 느낌이었다.

[신기하네. 진짜 저승에 온 기분이야.]

육신을 놔두고 영혼만 다니는 기분은 직접 겪어보지 않으면 말로 형용할 수 없었다.

[이곳은 영령계의 초입이다. 죽은 지 얼마 안 된 영령이 있는 곳이지. 깊이 나아갈수록 시간을 거슬러 오래된 시대가 나타난다.]

피에트로는 계속 설명해 주었다.

[깊은 곳으로 갈수록 네가 있던 시대에서 멀어지는 느낌을 받을 것이다. 너 자신에게서 멀어져 가는 기분이 들면 조심해야 한다. 자칫 잘못하면 서서히 너 스스로를 잊어버리게 되니까. 긴 세월에 마모되어 망각하듯이 말이다.]

[흐음, 당장은 아무 느낌도 안 드네.]

[당연하다. 여긴 우리 시대에서 가까우니까.]

[근데 주위에 별로 사람들이 없네?]

[죽은 지 저인이 얼마 없으니까.]

[아…….]

최후의 던전이 붕괴되고 문명이 몰락한 뒤부터는 남아 있는 지저인의 숫자 자체가 많지 않아서 죽어 영령이 된 이도 얼마 없었다.

[조금만 가면 많이 있는데, 타인과 접촉하는 것도 주의해야 한다.]

[왜?]

[타인의 존재감을 느낄수록 네 존재가 흐려질 우려가 있으니까. 많은 이를 만날수록 거기에 뒤섞여서 네 자아를 수많은 타인들과 분간하기 어려워진다.]

[뭔지는 모르지만 알았어.]

[그런 느낌이 들면 내게 말해야 한다.]

[오케이! 일단 가보자!]

서문엽은 신기한 체험을 하게 되어서 무척 신이 난 상태였다.

두 사람은 함께 깊은 곳으로 나아가기 시작했다.

조금만 나아가니 영령들이 많이 나타났다.

여기저기서 수많은 영령들의 존재감이 느껴져 서문엽은 긴장했다. 피에트로의 충고가 떠올랐던 것이다.

가지각색의 영령들은 온통 서문엽에게 이목이 쏠려 있었다.

[설마 인간인 건가?]

[설마?]

[아니, 정말 인간 같은데?]

[허허, 이제 살다 살다 영령계에서 인간을 다 보네.]

[인간이 대체 여길 어떻게 왔지?]

[옆에 전 대사제님과 함께 있잖아. 대사제님이 데려온 모양이야.]

영령들은 서문엽에게 관심이 무척 많았다. 자기들끼리 쑥덕쑥덕 이야기하며 서문엽을 관찰했다.

[저 인간 존재감이 매우 강한데.]

[보통 인간이 아니야.]

[대체 누굴까? 누군데 인간이면서 영령계에 올 수 있었던 거야?]

[설마 서문엽이라는 인간은 아니겠지?]

[허허, 설마.]

서문엽은 긴장했다.

생각해 보니 이들 중 상당수가 최후의 던전 붕괴 때 죽은 영령들일 가능성이 높았다.

'내 이름을 알고 있는 걸 보니 확실해.'

서문엽은 자신의 정체를 들키지 않기 위해 조심했다.

그런데 서문엽이 모르는 사실이 있었다.

자신이 그들의 외모와 성격, 감정 등을 느낄 수 있듯이 상대도 그렇다는 것을 말이다.

[우리 얘기를 듣고 긴장했는데?]

[어라? 진짜 서문엽이야?]

[설마? 전 대사제님과 서문엽이 함께 영령계에 왔다고?]

[정말인 것 같은데.]

조심스러워하는 감정이 표출되고 있어서 오히려 영령들에

게 자신의 정체를 알려준 꼴이었다.

[한번 가보자.]

영령들은 일제히 서문엽에게 몰려들었다.

깜짝 놀란 서문엽이 피에트로에게 소리쳤다.

[야, 쟤들 이리 온다!]

[침착해라. 네 감정 상태가 모두 드러나고 있으니까. 저들은 서
문엽이라는 이름이 언급되자 네가 갑자기 긴장한 것을 알아차린
것이다.]

[아, 그런 거야?]

[그래, 여기서는 네 감정을 숨길 수 없다.]

[아 씨, 그럼 사람 잘못 봤다고 둘러대도 안 통하겠네?]

[절대로, 거짓말을 해서는 안 돼. 특히나 네 정체에 대해서는.]

피에트로는 한층 진중해진 어조로 경고했다.

[왜?]

[네 정체성에 타격을 입으니까. 영령계에서 그 같은 행동은 자아
를 잃게 한다. 자신을 숨기려 하지 말고, 감정을 드러내지 않으려
고 하지도 마라.]

[아까는 감정이 다 드러나고 있다고 침착하라며?]

[감정을 다스리라고 했지 숨기라고 안 했다.]

서문엽은 그 말을 곰곰이 곱씹어보았다.

생각해 보니 자신의 감정을 다스리는 것도 정신력 수행이
아닌가.

자신의 속내가 숨김없이 드러나 버리는 이 영령계는 확실히 여러 가지로 정신력을 키우는 데 도움이 될 것 같았다.

[근데 쟤네들 다 이리 오고 있는데. 타인과 접촉하면 위험하다며?]

[저들도 안다. 다 같이 오진 않을 거다.]

피에트로의 말대로였다.

가까이 온 영령들 중 대표로 한 영령이 나서서 서문엽과 피에트로에게 다가왔다.

[또 뵙는구려, 대사제.]

영령은 피에트로와 안면이 있는지 인사를 건넸다.

[반갑소, 보좌.]

피에트로도 화답했다.

그 영령은 바로 '보좌'였다.

여왕을 보좌하면서 인류를 박멸시키려는 피에트로의 주전론에 반대했던 인사였다.

둘은 일전에도 영령계에서 만나 인사를 나눴는데, 피에트로가 사과도 하고 여왕의 소식도 전해주었기 때문에 지금은 사이가 좋았다.

[얼마 전에 여왕님을 뵈었소. 어찌나 반가웠는지, 허허허.]

[다행이구려.]

[그렇소. 하나 여왕님은 태초의 빛을 뵈러 오셨는데 말씀을 듣는 데는 실패하셨소. 근심이 많아 보이더구려.]

[중요한 역할을 맡았으니 어깨가 무거운 게 당연하지 않소.]

[그런데 옆에 계신 분은 누구십니까? 아무리 봐도 존재감이 우리와 다른데 말이오.]

보좌는 서문엽에게 의식을 집중했다. 현실로 치면 시선을 주는 느낌이었다.

'거짓말을 해서는 안 된댔지?'

그렇게 생각한 서문엽은 아예 당당하게 나왔다.

[내가 그 유명한 서문엽입니다!]

그의 존재감이 쩌렁쩌렁하게 영령계에 퍼져 나갔다.

영령들이 놀라 술렁였다.

[진짜 서문엽이다.]

[말로만 들었지 실제로 보지는 못했는데, 영령계에서 보게 될 줄이야.]

[인간이 여기까지 오다니, 역시 서문엽은 보통 인간이 아니었던 거야.]

[저 영혼의 존재감을 봐봐. 저렇게 강렬한 영혼은 처음 봐.]

성역을 붕괴시킨 원수 서문엽.

그런데 그런 철천지원수를 만났는데도 영령들은 딱히 분노를 표출하지 않았다.

증오심도 느껴지지 않고, 오직 호기심만 느껴졌다.

그래서 서문엽은 의아함을 느꼈다.

[날 싫어하는 거 아니었나?]

그러자 '보좌'가 말했다.

[허허, 싫어하지 않소.]

[어째서? 댁들한테는 내가 원수일 거 아냐?]

[그것은 복잡한 인과가 얽힌 결과일 따름이오. 단지 서로 싸웠으니 원수라고 여기는 것은 올바른 생각이 아니오.]

[헐.]

서문엽은 분노로부터 해탈한 듯한 영령들의 태도에 놀랐다.

이렇게 생각이 깊은 작자들이 대체 왜 피에트로를 좇아 전쟁을 벌였을까?

전쟁 시절 싸웠던 지저인들은 여기 있는 영령들처럼 도 닦은 선인들인 양 생각이 깊지 않았다. 인간 죽어라, 미개한 인간 등을 외칠 뿐이었다.

그런 서문엽의 생각은 고스란히 드러났고, 이를 느낀 보좌가 허허 웃는 감정을 보내왔다.

[누구나 죽어서 영령이 되고 싶지만, 아무나 영령계에 올 수는 없소. 우리도 그렇게 편협하고 어리석은 무리는 많았지만, 그런 이들은 영령계에 오지 못했소.]

[아하, 현명한 사람들만 여기 모여 있는 거네.]

[허허, 부끄럽소만 그렇다고 할 수 있소.]

'보좌'와 여러 이야기를 나눴다.

'보좌'는 어떻게, 왜 이곳에 왔는지 궁금해했고, 서문엽은 영령계에 오게 된 목적을 설명해 주었다.

[정신력 수련이라. 확실히 영령계만큼 정신을 수양하기 좋은 곳이 없지.]

'보좌'는 납득했다.

[영령계의 위험성에 대해서는 충분히 들으셨소?]

[들었지. 자칫 잘못하면 자아를 잃는다고.]

[맞소. 백번 명심해도 부족하지 않소. 하지만 말이오. 자아를 위협하는 많은 요소로부터 스스로를 지키는 과정이야말로 바로 정신을 단련하는 수행이오.]

그 말에 서문엽은 귀를 기울였다.

'보좌'가 말했다.

[많이 만나보고, 더 깊이 나아가시오. 그리고 자아를 지키시오. 서문엽, 당신은 내가 지금까지 본 누구보다도 강한 영혼을 가진 이요.]

[그런가? 난 잘 모르겠는데.]

[이 많은 영령이 당신이 궁금해서 모여 있는 것을 보시오. 인간이기 때문에 호기심이 든 것도 있지만, 무엇보다도 멀리에서까지 느껴질 정도로 존재감이 강렬했기 때문이기도 하오.]

[휴, 잘 모르겠지만 내가 잘났다는 뜻이겠지? 난 하다못해 영혼까지 강하구나.]

서문엽은 자기애에 취했다.

'보좌'는 웃었다.

[더 나아가시오. 내가 보기에 당신은 아주 깊은 곳까지 수월하

게 갈 수 있을 것이오.]

[오케이, 한 번 한계까지 도전해 보지.]

작별을 나누고서 서문엽은 피에트로와 함께 깊은 곳을 향해 움직였다.

가면 갈수록 서문엽은 묘한 기분을 느꼈다.

시간을 거슬러 올라가는 느낌이 바로 이런 것이었구나, 하는 것을 처음 체감한 것이다.

[마치 여행 같네.]

서문엽은 감상에 잠겨 말했다.

[어딘지도 모르고 무작정 걸음을 옮기는 느낌. 길을 모르니까 불안한데, 이미 출발지에서 멀리 와버려서 이제 와서 돌아가기도 애매한 정처 없는 느낌.]

[정확한 비유군. 어디로 가도 네 자아를 잃지 않도록 각별히 주의해라. 네가 누구인지 항상 떠올려야 한다.]

[알았어.]

계속 거슬러 올라갈수록 느껴지는 영령들의 숫자가 적어졌다.

시간이 흐를수록 자아가 마모되어 사라지기 때문이리라.

한참을 거슬러 올라가니, 이제 영령들이 얼마 보이지도 않았다.

그나마 보이는 영령들도 존재감이 희미했는데, 그들이 여태껏 존재하고 있다는 것은 그 정도로 강한 자아를 갖고 있었기 때문이리라.

그리 생각하니 절로 엄숙한 느낌이 들었다.

지저인들이 어째서 영령계를 신성하게 여기는 것인지 알 것 같은 서문엽이었다.

깊은 곳에 이르자 피에트로가 물었다.

[괜찮나?]

[응? 아, 괜찮아. 아직 멀쩡한데?]

생각을 고스란히 전달하는 소통법이 적용되고 있으므로, 피에트로는 서문엽이 한 치의 허풍도 없이 멀쩡하다는 것을 알았다.

[여기까지 왔는데 조금의 부담도 없어 보이는군?]

[응, 그런 거 없는데. 원래 깊이 오면 부담이 오냐?]

[온다. 이쯤 왔으면 나마저도 부담을 서서히 느끼게 된다. 그런데 이상하게도 너는 그런 게 조금도 없군.]

[응. 완전 멀쩡해.]

이미 까마득한 고대인 제정(帝政) 시절까지 온 두 사람이었다.

그럼에도 서문엽은 팔팔했다.

피에트로는 그런 서문엽을 보며 설마 하는 생각이 들었다.

설마 서문엽이 태초의 빛까지 도달할 수 있지 않을까 하는 생각 말이다.

어쨌든 두 사람은 조심스레 깊은 곳으로 계속 나아갔다. 수시로 서문엽에게 상태를 물어가면서 말이다.

그리고 마침내, 누군가를 만났다.

[응? 너 또 왔구나. 한참 후대의 대사제.]

다소 유쾌한 감정을 드러내는 영령이 나타났다.

그 영령 앞에서 피에트로는 몹시 공손해졌다.

[예, 대사제님.]

서문엽은 조심스러워졌다.

누군지는 모르겠지만, 까마득히 오래전인 구간인데도 존재감이 강한 영령인 것을 보아 보통 대단한 이가 아닐 터였다.

그 영령이 서문엽에게 관심을 보였다.

[오호라, 네가 그 건방진 인간 새끼지?]

서문엽은 화들짝 놀랐다.

[새, 새끼라니?]

[내 유산을 물려받고서도 속임수네, 함정이네 의심했던 그 새끼 맞잖아?]

[어? 혹시…….]

그제야 서문엽은 상대가 누구인지 깨달았다.

고대의 대사제.

바로 서문엽에게 영혼 연성을 선물해 준 장본인이었다.

제9장

빛

고대의 대사제에게서 몹시 못마땅해하는 감정이 느껴졌다.
영령계라 그런 감정들이 숨김없이 전달된다.

[이 자식이 내가 까마득히 긴 세월 보관해 놓고 누구에게도 안
물려줬던 유산을 받은 그 인간 놈이란 말이지?]

[네, 제가 그 자식 맞습니다. 물려주신 걸 익히고 보니 영감님
정말 대단한 분이시던데요.]

서문엽은 태도가 공손해졌다.

'영혼 연성'의 위대함은 이미 실컷 체감하고 있었다. 그런 비
법을 창안할 정도면 얼마나 대단한 인물이었을지 짐작도 가지
않았다.

[동족의 후배도 아니고 인간 주제에 내 유산을 날름 받았으면 황송한 줄을 알아야지, 뭐? 함정 아니냐고?]

[거참, 죄송하게 됐습니다. 근데 제 입장 되어보세요. 그게 뭔 줄 알고 냉큼 받아들입니까? 영감님 말대로 전 인간 아닙니까? 그것 도 지저인과 한바탕 전쟁 치른 인간이오.]

[그래. 이제라도 나의 위대함을 느낀 것 같으니 특별히 용서하 마. 생각 같아서는 확 그냥⋯⋯.]

다행히 고대의 대사제는 그다지 화난 것 같지는 않았다.

하필 자신의 유산을 물려받은 게 후대의 대사제가 아닌 인 간이라서 아쉽지만, 그것도 운명이라고 여기는 고대의 대사제 였다.

고대의 대사제는 신기하다는 듯이 서문엽을 살폈다.

[희한한 놈일세.]

[예, 그런 얘기 많이 듣습니다.]

[인간 놈이 여길 온 것도 신기한데, 영혼이 아주 강해.]

[여기 와서 그 얘기를 많이 들었는데, 혹시 영감님이 물려주신 영혼 연성 덕분이 아닌가요?]

서문엽이 물었다.

고대의 대사제는 고개를 갸웃거렸다.

[내가 준 게 영혼을 키우는 비전은 맞는데, 그걸 익힌 지 얼마나 됐다고 벌써 영혼이 이토록 강해졌을 리가 있을까. 그건 아니야.]

[그럼?]

[본래 타고난 거야. 정신머리는 망나니짓 하다가 객사했을 놈인데, 영혼의 그릇은 타고났다는 말이지. 우리 종족으로 따지면 이런 경우는 딱 하나인데, 그것 참 희한하네.]

그러자 피에트로가 놀란 감정을 드러냈다.

[그 말씀은 설마……]

[오냐, 후배. 너도 똑같이 느꼈지?]

[그것이……]

피에트로는 평소에 보이지 않던 망설이는 모습을 보였다.

[너도 짐작을 했기 때문에 이렇게 깊은 곳까지 데려온 거 아니냐.]

이곳은 영령계에서도 상당한 깊이에 위치한 장소로, 이곳까지 도달할 수 있는 지저인은 당대에 늘 손에 꼽을 정도로 적었다.

처음 영령계에 발을 들인 서문엽을 여기까지 데려오는 일은 사실 모험에 가까웠다.

어떤 확신이 없었다면 굳이 첫날부터 여기까지 데려올 필요는 없었다.

[……예. 맞습니다.]

피에트로는 끝내 인정했다.

이어지는 말은 놀라웠다.

[우리로 따지면 대사제의 그릇을 타고난 경우와 비슷했습니다.]

[잉?]

그 말에 서문엽도 놀랐다.

인류를 구한 영웅, 예언의 구원자 등 별소리를 다 들었지만 이제 하다못해 대사제의 그릇이라는 소리까지 듣게 될 줄은 몰랐다.

황당해하는 서문엽의 감정은 두 사람에게도 전해졌다.

고대의 대사제가 말했다.

[인간 녀석아, 아무래도 네가 이곳에 온 것은 우연이 아닌 것 같다.]

[아니 뭐, 그럼 절 대사제로 임명이라도 하렵니까?]

[미쳤냐? 종족을 떠나서 네놈 따위가 무슨 대사제야!]

고대의 대사제는 역정을 냈다.

서문엽은 몇 마디 더 농담을 하려다가 말았다. 지저인들은 태초의 빛과 관련되어 있으면 상당히 예민해지기 때문이다.

[아무튼 대사제가 어떤 의미인지 너도 모르지는 않을 테지?]

[그야 알죠.]

서문엽은 긍정했다.

지저인들이 죽고 못 사는 태초의 빛과 소통할 수 있는 이가 바로 대사제 아닌가.

영령들이 다 그렇듯 태초의 빛도 까마득한 세월을 거쳐 존재감이 마모돼 희미해졌기 때문에 여러 사람과 소통하는 것이 불가능했다.

때문에 소통할 수 있는 대사제는 오직 하나. 심지어 그런 대사제조차 평생 한두 마디 들을까 말까였다.

[인간인 네가 그분을 어찌 여길지는 모르겠다. 하지만 내가 단언 컨대 그분은 전지전능한 존재는 아닐지언정 끝을 모르는 혜안이 있으신 분이다.]

[그래서요?]

[뭐가 그래서야, 이 불손한 놈아! 뵈러 가라고!]

고대의 대사제는 보다 깊은 곳을 가리키며 말했다.

서문엽은 놀라 피에트로에게 의견을 구했다.

피에트로도 긍정하고 있었다.

[네 강한 영혼과 여기까지 오게 된 경위를 봤을 때, 이것은 우연 이 아닌 운명일지도 모른다는 생각이 든다.]

[헐.]

피에트로마저 갑자기 전직으로 돌아간 듯 엄숙하게 운명을 논하니, 서문엽은 당황스러웠다.

전직 대사제 두 명이 지금 자신에게 태초의 빛을 만나보라 고 권하고 있는 것이었다.

반드시 만나야 한다고 확신에 찬 감정을 서문엽에게 보내고 있었다. 권유가 아니라 거의 강권이었다.

[으음, 여기까지 온 이상 나도 호기심이 안 드는 것은 아닌 데……]

서문엽도 서서히 흥미가 동하고 있었다. 이런 모험을 마다 할 성격이 아니었다.

[거기까지 무사히 갈 수 있으려나?]

[넌 할 수 있어. 내가 후임 대사제들이 지나가는 걸 한두 번 본 줄 알아?]

고대의 대사제가 대꾸했다.

피에트로도 거들었다.

[내가 말할 주의 사항만 기억한다면 특별한 위험은 없다. 다만 길을 잘못 들어서 왕이 도사리는 곳에 가면 곤란한데, 그곳까지는 내가 동행할 테니 염려 마라.]

[아, 그러고 보니 그 괴물 녀석도 여기 어디에 있겠구나?]

서문엽은 태초의 빛보다는 예언의 괴물, 즉 왕에 대한 호기심이 더 생겼다. 실제로는 어떻게 생겨먹은 녀석인지 직접 보고 싶었던 것이다.

피에트로는 그런 서문엽의 생각을 읽었는지 고개를 저었다.

[왕을 만나볼 생각이라면 버려라. 이곳 영령계에서도 자신을 감추고 거짓된 모습을 연출할 정도로 자기 영혼을 잘 컨트롤하는 놈이니까. 왕은 거짓된 모습으로 널 속이고, 오히려 너에 대한 수많은 정보를 캘 것이다.]

그 말에 서문엽도 수긍하고는 왕에 대한 흥미를 접었다.

생각해 보니 그 똑똑했다던 타락한 대사제도 왕에게 홀랑 속아서 영혼을 종속당하지 않았던가.

서문엽은 결정을 내렸다.

[오케이, 가자! 태초의 빛인지 뭔지 한 번 만나보지 뭐.]

[불손한 놈. 그분에 대한 공경심이 조금도 안 보이는군.]

고대의 대사제가 투덜거리자 서문엽이 짜증을 냈다.

[좋아하게 됐습니까? 예언을 애매하게 전해줘서 전쟁 나게 만든 양반 아냐!]

[어리석은 소리. 전란의 단초를 제공하실 분이 아니다.]

[아니기는. 그냥 문 열고 괴물 튀어나오니 조심해라, 얘들아, 하면 될 걸 갖고 별 해괴한 소리를 하고는. 그러니까 얘 같은 애가 날뛴 거 아닙니까.]

서문엽은 피에트로를 가리키며 큰소리쳤다.

전란을 일으킨 장본인인 피에트로는 할 말이 없었다.

그런데 뜻밖에도 고대의 대사제는 서문엽의 말에도 화난 감정이 별로 없었다. 오히려 어린아이를 보는 듯한 자상한 감정이 느껴졌다.

[그래, 그분 말씀이 참 명확하지 않고 어렵지?]

[당연하죠.]

[당최 무슨 소리인지 알쏭달쏭하고 뭐라고 해석해야 할지 애매하고.]

[그렇죠.]

[그런데 거꾸로 그분 또한 그렇다고 생각해 보아라.]

[네?]

[상상 못 할 오래전부터 존재해 온 영령이야. 기억도 소실되고 자아도 마모되고 또 마모되어서 희미해졌지. 하물며 물질세계와 한없이 멀리 계시는 입장에서 네가 말한 것처럼 그렇게 또렷하게

말씀하실 수 있을까?]

[……]

[그렇다고 그분께서 실수하신 것은 더더욱 아니다. 모든 게 다 닳고 마모된 그분께서 간직하고 계시는 건 위대한 진리뿐이니까. 그분은 세상의 흐름을 읽고 너희에게 말해주며 흐름을 조율하여서 올바로 흘러가게끔 하시는 것이다. 자, 봐라. 그분의 말씀이 없었으면 너희가 저 못된 괴물과 싸울 준비를 할 수 있었겠느냐?]

[아니, 그건 애초에……]

[그분의 예언 때문에 전쟁이 났고 괴물의 추종자들이 생겼다고?]

[…네.]

[예언이 없었으면?]

[전쟁도 없었겠죠.]

[근데 결국 누군가는 태초의 빛을 뵈러 갔다가 엉뚱한 길로 빠져서 괴물의 추종자가 되는 일이 발생했겠지?]

[아……]

서문엽은 할 말을 잃었다.

그 말이 타당했기 때문이다.

전쟁 이전에는 괴물의 존재도, 버려진 세계에 대해서도 알지 못했다.

그런 상태에서 문이 열리고 왕이 괴물들과 함께 나타나면 결과는 뻔했다.

[예고도 없이 나타난 괴물로 인해 성역은 짓밟혔을 테고, 그다음은 너희들 인간이었을 텐데, 더는 말 안 해도 되겠지?]

[네, 인간도 별수 없었겠죠.]

지저 전쟁 때문에 초인들이 생겨났고, 서문엽이 탄생했다.

서문엽도 초인도 없이 괴물을 맞이한다면 다이렉트로 종말이었다.

[그런 거다. 그분의 뜻은 잘못된 법이 없지. 그러니 의심하지도 반감을 품지도 말고 그대로 나아가라. 이 또한 그분께서 안배하신 운명이라면, 넌 어렵지 않게 그분을 뵐 수 있을 것이다.]

[알겠습니다.]

대답한 서문엽은 피에트로와 함께 나아가기 시작했다.

고대의 대사제도 상당히 오래전의 인물이었다.

그보다 더 깊이 나아가니 이제 영령들이 보이지 않았다.

[이제 더는 영령이 없나 보네?]

[잘 찾아보면 있을 것이다.]

[그래?]

[다만 자아를 잃고 존재감이 흐려져 있을 뿐이다.]

[그럼 소멸된 거나 다름없잖아?]

[그것은 아니다. 그런 조상님들은 비록 자아를 잃었지만 자신이 갈고닦아 온 것은 여전히 유지하고 있지.]

[뭘 닦는데?]

[각자의 소명에 따라 다르다. 나처럼 사제의 소명을 지닌 이는

태초의 빛을 좇아 만물의 진리를 탐구하고, 다른 이들은 각자 정해진 소명을 영령이 되고서도 계속 추구하지. 어떤 것을 갈고닦든 궁극에 이르면 다 진리에 이른다고 했으니까.]

[태초의 빛도 마찬가지겠네?]

[그런 셈이다.]

계속 나아가다 보니 샛길을 발견했다.

피에트로는 샛길을 가리키며 말했다.

[여기로 가면 왕이 나온다. 그러니 저곳에는 가면 안 된다.]

[한 번 보고 싶긴 했는데 어쩔 수 없지.]

[조심해라. 왕이 저곳에서 네게 말을 건네며 유혹할 수도 있으니까.]

[네가 이곳에서 지키고 있으면 되잖아.]

[그럴 생각이다.]

[아무튼 저곳으로 계속 나아가면 된단 말이지?]

[그렇다. 하지만 조심해라. 초입에서부터 여기까지 온 것보다 훨씬 더 먼 길이니까. 중간에 부담이 느껴지거든 당장 돌아와야 한다.]

[알았어.]

서문엽은 피에트로를 뒤로한 채 홀로 나아갔다.

'그것참 신기한 기분이네. 밝지도 않고 어둡지도 않은데, 어쩐지 고독하고 불안해.'

아무도 없는 먼 길을 홀로 가고 있으니 불안한 마음이 드는 것은 어쩔 수 없었다.

세상에 홀로 동떨어져 버린 느낌.

내가 제대로 가고 있는 게 맞는 걸까.

중간에 잘못되는 것은 아닐까.

많은 의심이 들었다.

하지만 서문엽은 어쨌건 쉬지 않고 나아갔다.

도대체 얼마나 먼 시간을 거슬러 올라왔는지 상상조차 가지 않았다.

혹시 인간이 간신히 뗀석기를 쓰고 있는 시간대까지 온 게 아닐까 싶을 정도였다.

지저 문명은 버려진 세계까지 합하면 엄청나게 긴 역사를 자랑하니 가능성 있는 이야기였다.

얼마나 나아갔을까.

끝없이 홀로 고독하게 왔던 서문엽은 마침내 저 먼 곳에 무언가가 있다는 것을 느낄 수 있었다.

*   *   *

멀리 떨어진 곳에 무언가가 있다는 것을 느낀 서문엽은 쾌재를 불렀다.

[이제 도착했나 보다!]

끝이 안 보이는 길을 홀로 고독히 오느라 정신적으로 지쳤던 터였다.

이제야 목적지가 보이니 희망을 되찾았다.

가까이 다가갈수록 먼 곳에 있던 무언가의 존재감이 점점 또렷하게 느껴졌다.

'빛?'

밝은 빛이 사방을 비추는 듯한 느낌을 받았다.

시각이 적용되지 않는 영령계에서 빛이 존재할 리 없지만, 서문엽은 그런 착각이 들었다.

정확히는 또렷하지도, 흐리지도 않은 어떤 존재감이 은은하게 일대를 가득 채우고 있는 모습이 빛처럼 느껴지는 것이었다.

'이래서 태초의 빛이라고 부르는 거구나.'

이 또한 처음에는 한 명의 지저인에 불과했다니 경이로웠다.

지저인들의 신앙심을 조금은 이해할 수 있을 것 같았다.

서문엽은 마침내 빛에 가까워졌다.

이제는 자신이 빛에 들어와 감싸이는 느낌을 받았다.

어떤 위대한 존재에게 포용되는 것 같았다.

취할 것 같은 몽롱한 기분. 하지만 알코올 같은 저열한 쾌락이 아닌, 영혼을 채우는 충족감이었다.

그러나 서문엽은 이내 정신을 바짝 차렸다.

[이보쇼!]

패기 있게 말문을 열었다.

[뭐 하나 여쭤볼 게 있는데 스무 고개인 양 알쏭달쏭한 소리 하지 마시고 알아듣기 쉽게 좀 가르쳐 주십쇼. 제가 뭘 어떻게 해야 합니까?]

서문엽은 이 빛과 같은 존재가 예견한 환란을 막을 방법을 물었다.

하지만 대답은 없었다.

[안 들리십니까? 너무 오래 계셔서 정신이 오락가락해지셨나?]

빈정거리는 게 아니라 진심으로 묻는 것이었다.

'정말 아무 대답이 없네.'

서문엽은 살짝 실망했다.

하지만 이해되지 않는 것도 아니었다.

피에트로나 여왕의 이야기를 들어봐도 평생 몇 마디 말을 듣는 게 고작이라고 하지 않던가.

상대는 이렇게 찾아왔다고 해서 첫 방문 기념이라며 한마디 해줄 존재가 아니었다.

'그래도 영감님 말에 따르면 내가 이곳에 찾아올 것도 예견했을 거라고 했는데.'

그럼 찾아온 자신에게 한마디 해줄 말쯤은 미리 준비해 놨어야 하지 않은가?

그렇게 멋대로 생각하면서 서문엽은 고민했다.

'답이 나올 때까지 기다릴 수도 없는 노릇이고. 그만 돌아

갈까?'

그런데 바로 그때였다.

[던져라.]

[헉?!]

서문엽은 화들짝 놀랐다.

누군가의 메시지가 해일처럼 정신 속에 밀려들었기 때문이다. 백사장이 밀물에 잠식되듯이 말이다.

경악과 경외 속에서 서문엽은 간신히 정신을 차렸다.

던져라.

이 말을 건넨 이가 바로 태초의 빛임을 깨달았다.

[무엇을 던지라는 겁니까? 제가 뭘 던지는 데는 일가견이 있는데.]

그러자 놀랍게도 대답이 들렸다.

[네 자신.]

네 자신을 던져라.

서문엽은 그게 무슨 뜻인지 이해하려고 애썼다.

이 한 몸 불살라서 환란을 막으라는 뜻일까?

'아니지, 이미 그럴 작정이었으니까 쓸데없는 충고일 뿐이야. 그런 있으나 없으나 한 말을 해줄 리가 없는데?'

한마디를 할 때마다 세상의 흐름을 바꿔 버렸던 태초의 빛이었다. 그런 존재가 대사제도 아닌 인간인 자신에게 건넨 말이 쓸데없는 격려일 리는 없었다.

분명 무슨 뜻이 담겨 있을 텐데, 해석할 수가 없어서 답답했다.

[에이 참, 알아듣기 쉽게 좀 가르쳐 달라니까……]

어느 순간, 서문엽은 더 이상 빛에 휩싸여 있지 않았다.

정신을 차려보니 태초의 빛에게서 멀리 떨어져 있었다.

'축객령인가.'

이제 더는 말을 해줄 것 같지 않았다.

서문엽은 하는 수 없이 방향을 돌려 왔던 길로 되돌아갔다.

다시 올바른 시간의 흐름대로 왔던 길로 되돌아가는 과정은 역시나 신기했다.

빠른 배속으로 재생하는 동영상 속의 주인공이 된 기분이 이러할까.

'빨리 감기로 세상이 휙휙 바뀌는 기분이네.'

영령계의 신비함을 느끼며, 서문엽은 피에트로가 기다리고 있는 지점에 돌아왔다.

기다리던 피에트로가 다가와 질문했다.

[어땠나? 뵈었나?]

평소의 그답지 않게 대답을 재촉하고 있었다.

태초의 빛이 걸린 문제다 보니 피에트로도 평상심을 유지할 수 없는 듯했다.

서문엽은 긍정했다.

[만났지.]

[기어코 거기까지 도달했군. 그래서 말씀은 들었나?]

[들었지.]

피에트로는 놀라움을 가득 발산하고 있었다.

[어떤 말씀이었나?]

[나도 그게 궁금하다.]

서문엽은 한숨을 절로 나올 것 같은 심정이었다.

[나 자신을 던지란다.]

[네 자신을 던져라?]

[그래, 딱 그 말 한마디였어. 아니, 창을 던져라, 핵탄두라도 던져라 뭐 이런 알아듣기 쉬운 말 많잖아? 왜 또 이런 뚱딴지같은 소리야? 내가 분명히 알아듣기 쉽게 해달라고 신신당부를 했는데!]

[진정해라. 태초의 빛의 말씀에는 특징이 있다.]

[뭔데?]

[알아듣기 쉽지 않은 것. 그러나 때가 되면 알게 되는 것. 그리고 결국 그분의 뜻대로 이루어지는 것.]

[너희가 세계 하나를 통째로 버리고 튀어야 했던 것도 그분 뜻대로 이루어진 거냐?]

서문엽이 빈정거렸다.

피에트로는 별반 감정 상한 기색 없이 대꾸했다.

[버려진 세계에서 나온 이후로는 우리가 동족 간에 상잔한 일은 거의 없다. 어찌 보면 그분의 뜻대로 이루어졌는지도 모르지. 세상 하나를 통째로 괴물들에게 내줘야 했지만 대신 교훈을 얻었으니.]

[……]

할 말이 궁색해진 서문엽에게 피에트로가 충고했다.

[내 전직이 뭔지 생각해 봐라. 나와 그분에 대해 설전을 벌이는 건 좋은 생각이 아닐 거다.]

[쳇. 아무튼 간에 이상하단 말이야. 그냥 딱! 명쾌하게 알려주면 되잖아. 예를 들면, 첫 번째 상급 사제가 숨어 있는 곳 말이야.]

[……]

이번에는 피에트로도 대꾸하지 않았다.

서문엽의 의견대로 첫 번째 상급 사제만 처치한다면 일은 쉽게 해결되는 일이니까.

그런데…….

[정말 그럴까?]

피에트로가 독백하듯이 의문을 표했다.

[응? 뭐가?]

[그렇게 쉽게 해결될 문제였으면 태초의 빛께서 말씀해 주시지 않았을 리 없다는 생각이 들었다.]

[…또 그렇게 해석할 수도 있네.]

서문엽은 그만 질려 버렸다.

하지만 피에트로는 여전히 심각한 기분을 떨치지 못하고 있었다.

*   *   *

명상에서 깨어났다.

—허억, 크헉!

영혼이 소모된 듯한 피로가 밀려왔다.

격하게 숨을 몰아쉬면서 몸을 추슬렀다.

첫 번째 상급 사제.

이제 섬겨서는 안 된 이를 섬기는 타락한 대사제가 된 이는 머릿속을 가득 채운 무기력한 감정에서 헤어 나오지 못했다.

—대, 대사제님.

—괜찮으십니까?

사제 몇 명이 다가와 조심스럽게 물었다.

타락한 대사제는 고개를 끄덕이며 물러가라고 손짓했다.

사제들은 서로를 보더니 조용히 사라졌다.

'이제 날 따르는 사제들도 얼마 남지 않았구나.'

그날의 싸움 직후에 타락한 대사제는 너무 많은 것을 잃었다.

오랫동안 공들여 준비해 왔던 것이 인간의 몸을 빌린 전 대사제와 서문엽 두 사람에게 파괴당했다.

그리고 가장 소중한 조력자였던 상급 사제도 서문엽 그 중 오스러운 인간 놈에게 잃었다.

하지만 가장 막심한 타격은 전 대사제가 했던 폭탄 발언이었다.

"태초의 빛을 흉내 내는 간사한 영령을 보았는데, 지금 네가 섬기고 있는 존재가 바로 그놈이다."

부모처럼 따랐던 이가 한 충격적인 말이 모두의 정신을 집어삼켰다.

타락한 대사제를 추종했던 수많은 사제들이 그 말에 흔들려 회의감을 느낀 끝에 한두 명씩 이탈하기 시작했다.

혹여나 타락한 대사제를 믿고 따랐다가 잘못된 길에 드는 바람에 영령도 되지 못하면 큰일이기 때문이었다.

무엇보다도 타락한 대사제 자신 또한 그 말에 타격을 입었다.

내가 해온 일들이 정말 옳은 일일까?

정말로 어떤 사악한 영령에게 속은 게 아닐까?

그런 의심이 스스로를 잠식하고 있는 것이었다.

그 뒤로 타락한 대사제는 버려진 세계에 대한 기록이 있는 유적을 찾아 헤매는 한편, 틈나는 대로 명상을 했다.

영령계로 가서 다시 그분을 만나기 위해서였다.

가장 큰 절망은 여기서 맛보았다.

타락한 대사제는 더 이상 그곳까지 도달할 수가 없었던 것이다.

큰 실의를 겪고 스스로 의심까지 하게 된 타락한 대사제는 그곳까지 갈 여력이 더는 남아 있지 않았던 것.

그보다 한참 미치지 못한 지점에서 타락한 대사제는 자아를 잃을 것 같은 마모감을 느끼고 황급히 되돌아와야 했다.

계속 시도할수록 갈 수 있는 깊이는 줄어들었다.

영혼이 점점 약해져 간다는 뜻이었다.

'설마, 이것을 노린 함정인 겁니까? 날 의심에 빠뜨려 더는 대사제의 직분을 유지 못 하게 하려는?!'

타락한 대사제는 스스로 약해진 원인을 남에게서 찾았다.

그로 인해 더 약해진다는 것은 자각하지 못한 채로.

─이제 어찌한단 말이냐… 이젠…….

버려진 세계의 기록을 찾는 일도 점점 힘들어지고 있었다.

찾아보겠다고 떠난 사제들 중 상당수가 다시는 돌아오지 않았다.

적에게 당했을 수도 있지만, 타락한 대사제는 그들이 처음부터 안 돌아올 작정으로 떠났음을 짐작했다.

그럴 때마다 그는 거처를 새로 옮겨야 했다.

그냥 떠나 버렸다면 모를까, 여왕 측의 편을 들어서 자신의 위치를 알려줬을 가능성도 배제 못 했던 것이다.

일이 진행되기는커녕 도망 다니기도 급급해지자, 끝까지 추종하는 소수의 사제들도 점점 지쳐가고 있었다.

처지가 어려워질수록 이게 올바른 길인지 묻는 의심도 높아졌다.

이게 올바른 길이 맞는 걸까?

혹시 정말 속은 게 아닐까?

슬그머니 의심이 고개를 내밀던 찰나.

—크윽!

타락한 대사제는 두통을 느꼈다.

단순히 육체의 통증이 아니었다. 영혼을 옥죄는 듯한 고통이었다.

—아······!

타락한 대사제는 이 고통이 그분으로부터 질책을 받은 것임을 깨달았다.

감히 의심을 한 탓에 그분께서 벌을 내리신 것이다.

—그래! 의심해서는 안 된다! 나는 옳다!

타락한 대사제는 다시 용기를 얻었다.

위대한 업적에는 큰 고난이 따른다.

이를 이겨내고 기필코 위업을 달성하겠노라고 타락한 대사제는 스스로를 다잡았다.

'버려진 세계를 떠나 새로운 세계를 개척한 초대 황제의 심정이 이러했을까? 분명 그도 나처럼 두려웠겠지.'

기록도 남아 있지 않은 새로운 세계의 위대한 초대 황제를 생각하며, 타락한 대사제는 다시 일어났다.

그분과 영혼이 연결되어 있음을 느꼈다.

그러니 직접 찾아뵙고 말씀을 듣지 못한다 해도, 그분으로부터 멀어진 게 아님을 알았다.

그 영혼의 연결이 결코 좋은 일이 아님을 알 리가 없었다.

*　　　　*　　　　*

"후우!"

서문엽은 피에트로와 함께 현실로 돌아왔다.

갑자기 영혼에 무거운 육신이 덧씌워진 갑갑한 기분이 들었다. 족쇄를 찬 불쾌한 기분에 서문엽은 눈살을 찌푸렸다.

"이거 원래 이래?"

"그렇다. 익숙해져야 할 거다."

피에트로는 덤덤히 대꾸했다.

서문엽은 고개를 휘휘 내저었다.

영령계를 탐사한 경험은 평생 겪어보지 못한 신기한 체험이었다.

하지만 돌아올 때마다 이런 후유증을 느껴야 한다니, 이 수련을 계속할 수 있을지 회의가 들었다.

'그래도 일단 능력치가 얼마나 올랐는지 확인해 보자. 태초의 빛까지 만나봤으니 정신력이 꽤 올랐을지도 모르니까.'

서문엽은 기대 어린 심정으로 거울을 바라보았다.

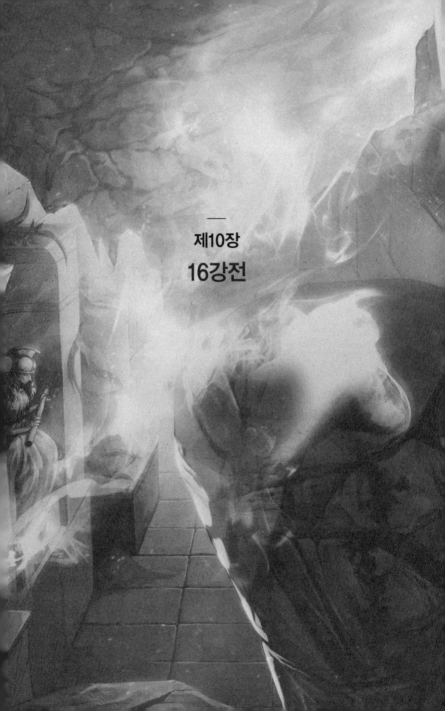

제10장

16강전

—대상: 서문엽(인간)

—근력 91/95

—민첩성 110/111

—속도 100/101

—지구력 102/103

—정신력 160/161

—기술 119/120

—오러 189/190

—리더십 100/101

—전술 100/101

—초능력: 분석안, 던지기, 불사, 증폭, 영혼 연성

헉 소리가 절로 나왔다.

정신력이 120에서 160으로 40이나 올랐다.

오러는 123에서 189로 무려 66 상승!

서문엽은 한 번 몸속에 있는 오러를 일으켜 보았다.

파앗!

거대한 오러가 일어나 온몸에 퍼졌다.

몸이 다 가두지 못하는 양의 오러였다.

오러는 물이 넘치듯이 몸 밖으로 드러나 광채를 일으켰다.

광채의 빛깔은 하얀색이었다.

푸른색, 보라색, 붉은색, 검은색, 흰색의 5단계 중 최종 등급. 마치 지저인처럼 오러로 인한 광채가 외부에 드러나게 된 것이다.

"오러양이 늘었어!"

서문엽이 놀라서 소리쳤다.

피에트로는 고개를 끄덕였다.

"태초의 빛께 가호를 받아 새로운 힘이 생긴 것이다. 보통은 대사제의 소명을 받은 이에게 벌어지는 현상인데, 너에게도 생겼군."

"그게 문제가 아니야. 인간의 몸에 축적할 수 있는 오러양은 한계가 있는데, 이건 말도 안 되는 오러양이라고."

인간의 한계 오러 수치는 100. 서문엽은 '영혼 연성'을 통해 오러 능력치를 123까지 키웠는데, 이는 오러 컨트롤 능력이 상승한 것이지 오러양 자체가 늘어난 것은 아니었다.

그런데 이번에 영령계에 다녀오고 나서 오러양이 말도 안 될 정도로 늘었다.

'이 정도면 상급 사제들 수준인데.'

신기해하는 서문엽에게 피에트로가 말했다.

"고대의 대사제님께 받은 비전으로 이미 인간의 한계는 오래전에 벗어나지 않았나. 한계는 오래전에 사라졌으니 태초의 빛과 감응하고 나서 오러가 늘어난 것은 신기한 일이 아니다."

영혼 연성이 없었더라면 이런 급성장도 없었을지도 몰랐다. 새삼 고대의 대사제에게 감사함을 느끼는 서문엽이었다.

"오러뿐만이 아니라 그분의 가호를 받았다면 정신적으로도 큰 성장이 있었을 것이다."

피에트로의 말에 서문엽은 고개를 끄덕였다.

정신력이 무려 160이 되었으니, 정신력에 기반한 초능력 증폭도 물론 올랐다.

─증폭: 가진 능력 가운데 하나를 골라 위력을 증폭시킨다. 신체 능력 중 하나를 고를 시 +60, 초능력을 고를 시 위력 강화.

+20에서 +60으로 3배 강해졌다.

'속도를 증폭시키면 160이네. 완전 미쳤군.'

서문엽은 말도 안 되게 강해진 자신의 힘이 실감 나지 않았다.

'아마 증폭된 초능력들도 보다 강해졌을 거야. 한번 직접 실험해 봐야겠다.'

서문엽은 사무실에 있는 접속 모듈에 들어갔다.

거대 뱀이 있는 던전에 접속했는데, 이번 목적은 뱀과 싸우는 일이 아니었다.

서문엽은 초능력을 하나씩 증폭시켜 보았다.

역시나, 증폭된 초능력들도 조금씩 변했다.

—분석안(증폭): 살아 있는 대상의 능력치를 보고 움직임을 예측할 수 있다. 영상 매체의 기록을 통해서도 볼 수 있다.

본래 없던 '기록'이라는 단어가 설명에 추가되었다. 이는 이제 실시간 영상이 아니라 과거의 기록을 통해서도 증폭된 분석안을 쓸 수 있다는 뜻이었다.

'편리하네.'

이것만으로도 만족스러웠지만, 진짜 주목할 만한 것은 따로 있었다.

바로 예측 능력 강화.

전에는 1초 정도를 미리 예측했다면, 이제는 족히 3초 앞을 미리 볼 수 있었다.

—던지기(증폭): 손에 든 물체를 던져 비거리와 속도를 조절할 수 있다. 중간에 최대 5초간 정지시킬 수 있으며, 던진 물체를 회수할 수 있다.

'던지기' 또한 업그레이드되었다.

'중간에 5초간 정지시킨다고?'

호기심이 든 서문엽은 한 번 창을 던져보았다.

'멈춰!'

그러자 하늘을 날던 창이 공중에서 뚝 정지했다.

일시정지가 된 것처럼 5초간 공중에 멈춰 있던 창은 이내 다시 날아갔다.

'이게 가능하다고?'

서문엽은 5초간 일시 정지 시킬 수 있는 이 능력을 활용할 방법을 무수히 많이 떠올릴 수 있었다.

—불사(증폭): 210초간 오러로 이루어진 영체가 되어 모든 공격을 무효화하고 모든 사물을 통과한다.

증폭된 불사의 경우 영체로 변신할 수 있는 시간이 늘어났다.

당연히 무기 영체화의 지속시간과 위력도 강화되었다.

초능력은 모두 확인이 끝났다.

서문엽은 내친김에 근력부터 하나씩 증폭시키며 수련을 시작했다. 증폭으로 상승된 신체 능력에 익숙해지기 위해서였다.

151의 근력.

170의 민첩성.

160의 속도.

162의 지구력 등등.

하나씩 다 해본 서문엽은 만족감을 느꼈다.

'10년 된 컴퓨터를 새걸로 바꾼 기분이네. 정말 대단해.'

특히나 오러를 증폭시켜서 249에 달하는 위력을 창에 실어 땅에 찍었을 땐, 거대한 크레이터가 생겨 버릴 정도였다.

신세계였다.

'이만하면 승산은 있어. 다만 이 능력들을 모두 100% 활용할 수 있어야 해.'

뱀과 싸울 때 주로 쓰는 능력은 무기 영체화와 증폭된 분석안.

하지만 이것 외에도 모든 능력을 두루 활용할 수 있는 싸움을 해야 한다고 생각이 들었다.

'그런데 이제 배틀필드에서는 증폭을 못 쓰겠는데?'

갑자기 몇 배는 강해진 모습을 공식 경기에서 보여준다면 모두들 납득도 못 할뿐더러, 경기 자체가 성립이 안 될 터였다.

엄청난 사기 초능력이 된 증폭은 이제 쓰면 안 될 것 같았다.

'오러도 잘 조절해서 써야 하고. 이것 참 귀찮게 됐군.'

일단은 힘 조절부터 연습해야 할 듯싶었다.

* * *

하룻밤 사이에 수많은 일이 있었지만 그것은 서문엽의 개인 사정.

월드컵 16강 진출이라는 쾌거를 거둔 한국 대표 팀은 만족하지 않고 다음 경기를 준비하고 있었다.

다음 상대는 인도.

인도 국가 대표 팀은 7영웅의 1인이자 술과 도박에 찌든 막장 인생으로부터 가까스로 갱생한 칸 아르얀을 중심으로 똘똘 뭉친 팀이었다.

인도 국가 대표 팀도 한국과 마찬가지로 16강에 올라온 적은 이번이 처음이었다.

인도는 인구 대국답게 초인의 숫자가 무척 많았음에도 카스트 제도에 의한 신분 차별과 초인들이 범죄의 유혹에 쉽게 빠져드는 각종 사회 문제 탓에 좀처럼 배틀필드에서 힘을 발휘하지 못했다.

그러다가 칸 아르얀이 대표 팀에 합류하면서 새로운 전기를 마련했다.

칸 아르얀의 초능력 '맹독'을 이용하여 활이나 암기 등 원거리 무기를 적극적으로 쓰는 독공 전술이 효과를 거둔 것이다.

여태껏 겪어보지 못했던 이색적인 전술에 대응하지 못하고 강팀들이 쓰러졌다.

"독이 발린 무기는 YSM이 리그 경기에서도 최근 자주 쓴 수단이니 익숙할 겁니다."

라이너 하임 전술 코치의 말에 선수들 중 YSM 소속이 아닌 이들이 한숨을 쉬며 고개를 저었다.

"도저히 익숙해지지 않던데요."

"나연이가 껑충껑충 날뛰면서 독화살을 쏴대면 얼마나 골치 아팠는데……."

"검에 살짝 스쳐도 중독이라 싸우기도 전에 위축됐지. 멀리 있으면 독화살을 쏘고 가까이 붙어도 위험하고."

"확실히 독을 적극적으로 활용했다면 16강에 올라온 것도 이해가 가지."

선수들은 생각보다 훨씬 칸 아르얀의 '맹독'을 싫어했다.

중독됐다고 바로 즉사할 정도로 특효가 나오는 건 아니었지만, 일단 심리적으로 위축이 되는 효과가 컸다. 거기다가 인도는 대놓고 독 묻은 화살과 암기를 쏘고 튀는 게릴라를 펼치고 있었다.

"독을 활용한 견제 플레이를 즐기지만, 다수가 모인 집단전도 위험합니다. 바로 이 선수 때문이죠."

한 선수의 플레이 영상이 나타났다.

이번 월드컵에서 인도 경기의 하이라이트 대부분을 차지하고 있는 선수였다.

품속에서 수리검 한 다발을 양손으로 꺼낸다.

그리고 힘껏 하늘 위로 던진다.

그걸로 끝이 아니었다.

계속 꺼내서 계속 던졌다.

수십 개의 수리검이 하늘에 머물더니 비처럼 쏟아졌다.

수리검은 흔히 표창 하면 떠올리는 4갈래 칼날의 암기였다.

그 4갈래 칼날에 모두 독이 발려 있는데, 그런 것이 수십 개씩 쏟아지니 이에 당한 상대 팀 선수들이 무사할 리 없었다. 범위도 너무 넓어서 피하기도 어려웠다.

모두 중독되었고, 인도 대표 팀은 일제히 후퇴했다.

'증폭, 분석안에.'

서문엽은 증폭된 분석안으로 영상을 보았다.

더욱 강력해진 증폭 덕에 과거의 영상임에도 분석안이 통했다.

수리검을 쓰는 선수의 능력치는 다음과 같았다.

─대상: 라훌라 조하르(인간)

─근력 64/64

─민첩성 78/78

—속도 90/90

—지구력 72/75

—정신력 65/65

—기술 72/72

—오러 69/69

—리더십 18/23

—전술 63/63

—초능력: 원격 조종, 질주

—원격 조종: 가벼운 물체를 자유자재로 조종한다. 물체의 숫자가 많을수록 조종이 부정확해진다.

—질주: 빠르게 달린다.

"이 선수는 라훌라 조하르로 32세의 인도 선수입니다. 작은 암기를 자유자재로 조종하지만, 공격력이 부족해 킬을 만들어 낼 수 있는 공격력이 없었기 때문에 유럽에 진출했지만 그다지 성공적인 커리어를 쌓지는 못했습니다. 그런데 칸 아르얀의 맹독과 만나자 아주 까다로운 선수가 되었지요. 현재 인도 대표 팀 내에서 킬 1위를 달리는 에이스라 할 수 있습니다."

능력치만 따지면 KB-1 리그에서 흔히 볼 수 있는 수준으로 수많은 스타가 모인 월드컵에서 주목받을 정도는 아니었다.

하지만 2가지 초능력이 쓸 만했다.

'암기 던지고 튀기 딱 좋네.'

속도 90으로 발도 빠른데 '질주'까지 써서 더 빨리 튄다.

수리검 수십 개를 비처럼 쏟아지게 한 것은 '원격 조종'으로 펼친 기술이었다.

숫자가 많을수록 조종 정확도가 떨어지기 때문에 공중에 모았다가 한꺼번에 쏟아버리는 수법을 사용하는 모양이었다.

칸 아르얀의 '맹독'과 결합되어서 몹시 까다로운 선수가 되었다.

"우리가 독에 중독되면 인도는 지체 없이 후퇴할 겁니다. 중독으로 쓰러질 때까지 기다리면 자연히 유리해질 테니까. 우리는 적의 기습에 대비하고, 독에 당하기 전에 이 선수부터 제거해야 합니다."

라이너 하임 코치는 백하연과 이나연 두 사람을 지목했다.

"두 분이 이 선수를 추격해 제거하는 일을 맡아야 합니다. 두 사람이라면 도주하는 조하르를 따라잡을 수 있을 겁니다."

"네."

"알겠어요."

백하연과 이나연은 임무를 받아들였다.

하지만 증폭된 분석안으로 영상을 보던 서문엽은 그 해법에 별로 만족스러워하는 기색이 아니었다.

영상을 빤히 보던 서문엽이 입을 열었다.

"그냥 정면 승부로 때려잡으면 될 것 같은데."

"예?"

"딱히 중독된 즉시 사망할 정도로 센 독은 아냐. 독 맞아가면서 때려잡으면 그만이라고. 백하연과 이나연은 쟤를 쫓을 게 아니라 놈들의 퇴로를 가로막는 역할을 해야지."

라이너 하임 코치는 그 의견을 숙고하더니 질문을 던졌다.

"중독된 상태에서 제 실력을 다 발휘해 싸우실 수 있겠습니까?"

"한 타 싸움 벌어지면, 쟤들은 30초면 다 정리해. 지들이 아무리 잘 도망가 봐야 나보다 빠른 놈은 '질주' 쓰고 튀는 조하르 외엔 없고."

사실 조하르도 속도를 증폭시키면 능히 따라잡을 수 있을 것 같았다.

라이너 하임 코치는 서문엽의 말이 일리 있다고 여겼다.

『초인의 게임』 10권에 계속…

초대형 24시 만화방

신간 100%, 샤워실, 흡연실, 수면실(침대석), 커플석, 세탁기 완비

■ 광명 광명사거리역점 ■

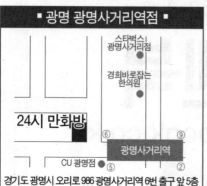

경기도 광명시 오리로 986 광명사거리역 6번 출구 앞 5층
02) 2625-9940 (솔목타워 5층)

■ 강북 노원역점 ■

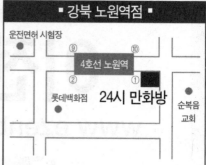

서울 노원구 상계동 340-6 노원역 1번 출구 앞 3층
02) 951-8324 (화용빌딩 3층)

■ 일산 정발산역점 ■

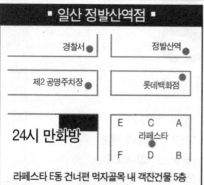

라페스타 E동 건너편 먹자골목 내 객잔건물 5층
031) 914-1957

■ 일산 화정역점 ■

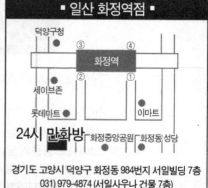

경기도 고양시 덕양구 화정동 984번지 서일빌딩 7층
031) 979-4874 (서일사우나 건물 7층)

■ 부천 역곡역점 ■

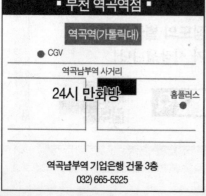

역곡남부역 기업은행 건물 3층
032) 665-5525

■ 부평역점 ■

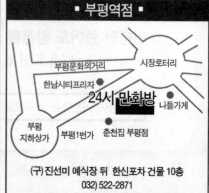

(구)진선미 예식장 뒤 한신포차 건물 10층
032) 522-2871

MODERN FANTASTIC STORY

강준현 현대 판타지 소설

주무르면
다고침

희귀병을 고치는 마사지사가 있다?

트라우마를 겪은 후 내리막길을 걸어온 한두삼.
그는 모든 걸 포기하고 고향으로 향하게 된다.
그리고 그곳에서 특별한 능력을 얻게 되는데…….

"도대체 나한테 무슨 일이 생긴 거지?"

한두삼,
신비한 능력으로 인생이 뒤바뀌다!

Book Publishing CHUNGEORAM

유행이 아닌 자유추구 –
WWW.chungeoram.com

FUSION FANTASTIC STORY

묘재 장편소설

7번째 환생

이 모든 것이 신의 장난은 아닐까.

영원한 안식이 아닌,
환생이라는 저주 아닌 저주 속에서 여섯 번째 삶이 끝났다.

"드디어 내 환생이 끝난 건가?"

그런데 뭔가, 지금까지와 다른데?

"멸망의 인도자 치우, 그대에게 신의 경고를 전하겠어요."

최치우, 새로운 7번째 삶이 시작된다!

Book Publishing CHUNGEORAM

유행이 아닌 자유추구 -
WWW.chungeoram.com